La Richiesta di Bridget

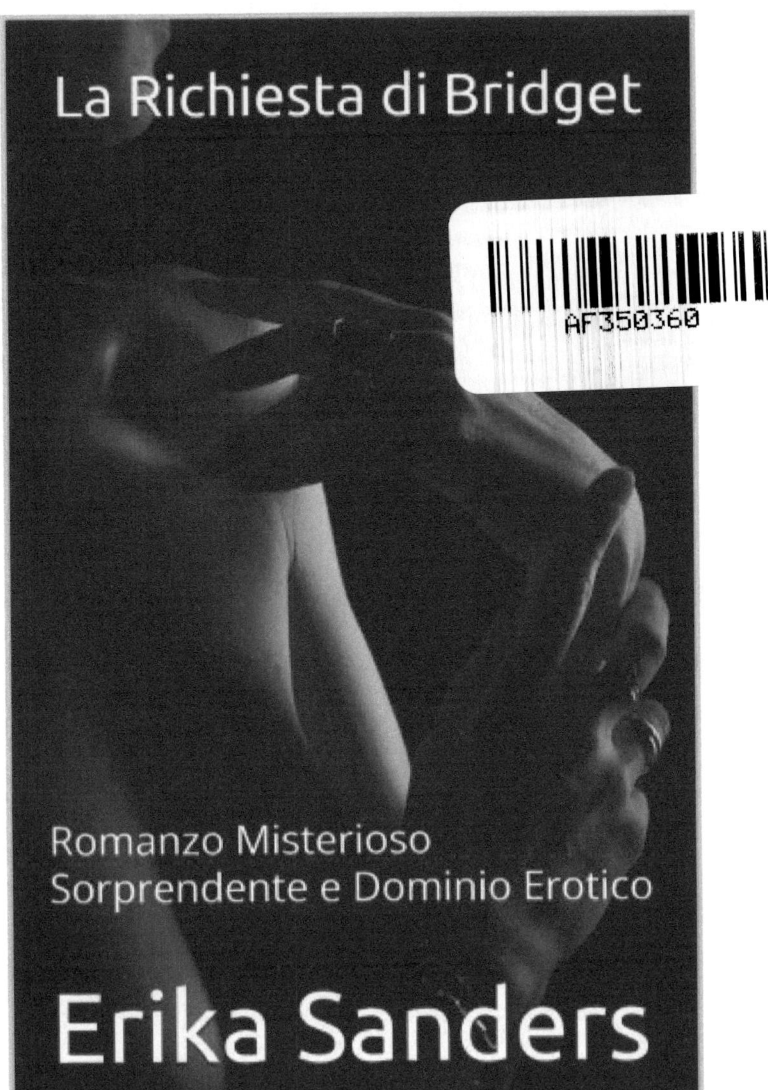

La Richiesta di Bridget:
Romanzo Misterioso Sorprendente e Dominio Erotico

Erika Sanders
Serie
Collezione di dominazione erotica

Sinossi

Bridget, una bellissima modella di alto livello, è ossessionata da un magnate dell'industria italiana di nome Leonardo, che è anche sua amica.

Questa, e con sua sorpresa, ha preparato un contratto in modo che possa entrare a far parte della sua attività televisiva.

Ma lei gli chiede una commissione per accettare quel contratto.

Di che ordine si tratta? Perché Bridget è così nervosa per le conseguenze di quell'incarico?

La richiesta di Bridget è un romanzo con un forte contenuto di BDSM erotico e, a sua volta, un nuovo romanzo appartenente alla collezione di Dominazione Erotica, una serie di romanzi con un alto contenuto di BDSM romantico ed erotico.

(Tutti i personaggi hanno 18 anni o più)

Nota sull'autrice

Erika Sanders è una scrittrice di fama internazionale, tradotta in più di venti lingue, che firma i suoi scritti più erotici, lontani dalla sua solita prosa, con il suo cognome da nubile.

Indice:

LA RICHIESTA DI BRIDGET
ERIKA SANDERS

1.

La stanza era silenziosa, illuminata solo dalla lampada da tavolo illuminata che brillava con il suo raggio su un lato, accanto a Bridget.

Il suo corpo nudo si inginocchiò sul letto con i suoi lunghi capelli castani che le ricadevano sulle spalle e sulla schiena, la testa inclinata in avanti, lontano dalla luce.

Poi iniziò la musica, inizialmente un battito lento e gentile, sempre più forte con esso, la sua testa cominciò a salire al ritmo del battito.

Poi la musica arrivò a un crescendo e Bridget scosse la testa, rigirandosi il velo di capelli morbidi dal viso.

Una pausa silenziosa e la luce illuminava i suoi lineamenti.

Occhi delicatamente chiusi, le labbra dipinte di rosa divise.

Il suo viso era una visione di calma e tranquillità.

La musica riprese, un'armonia di corde mentre le sue mani guantate di pizzo le scivolavano sulle spalle e sul seno, le dita aperte e rilassate, scivolando lentamente su ogni morbido tumulo della sua pelle morbida.

Le sue dita si afferrarono, afferrandole la carne rosea e accarezzandole il seno con una presa morbida.

Bridget spalancò gli occhi, rivelando le sue sfere blu zaffiro e riflettendo il bagliore della luce al loro interno.

Le sue labbra si aprirono e la sua lingua cominciò a leccare delicatamente come se le stesse testando.

La sua mente era concentrata sulla musica, creando un mantra per i suoi pensieri profondi e l'immaginazione selvaggia mentre ogni pollice e dito reggevano i suoi capezzoli saldi.

Ero eccitato ed eccitato dalla musica.

Cominciò a gemere, un lieve gemito di soddisfazione mentre il pollice e le dita cominciavano a tirare la rigida carne dei suoi boccioli rosa scuro.

I brividi gli correvano lungo la schiena che sembrava viaggiare verso una destinazione all'inguine, inviando ondate di piacere attraverso ogni nervo e tendine del suo corpo.

Liberò una mano dai suoi capezzoli e la fece scivolare, toccando delicatamente l'ombelico fino a raggiungere il tumulo di peli pubici perfettamente tagliati.

L'altra mano si sollevò attraverso la sua gola sottile.

Con un dito intrecciato disteso, si toccò le labbra e la lingua e succhiò, chiudendo gli occhi ancora una volta in estasi con la musica che danzava nella sua testa.

I suoi sensi si illuminarono mentre il suo dito guantato si faceva strada attraverso le pieghe umide della sua pelle vaginale, esplorando delicati petali delle labbra e raggiungendo il suo obiettivo.

Con altre due dita, aprì le labbra rosa vaginali, aprì la vagina e iniziò ad accarezzare il minuscolo gonfiore senza cappuccio del clitoride, muovendosi delicatamente, respirando selvaggiamente e urlando come se rimpiangesse, in armonia con la musica che la circondava.

Bridget trattenne il respiro quando la musica si fermò.

I suoi occhi si spalancarono e in quel preciso istante entrambe le mani si strinsero all'inguine, sentendo il caldo scatto mentre si liberava.

Aveva raggiunto l'apice più alto del suo orgasmo e il suo corpo si irrigidì e tremò per alcuni secondi fino a quando si rilassò, rilasciando il respiro e riprendendo il ritmo morbido della musica.

Si guardò il seno, sodo e leggermente arrossato dalla tensione del climax.

I suoi capezzoli sporgevano come piccoli gambi, indicando verso l'esterno e sentendo la freschezza dell'aria.

A poco a poco con la musica, iniziò a respirare a un ritmo normale, sentendo l'armonia rilassante intorno a lui.

Lentamente, si tolse entrambe le mani dall'inguine e sentì l'umidità del suo nettare sulle dita con i guanti bianchi.

La musica finì e Bridget si appoggiò allo schienale.

Appoggiando la testa sul cuscino di seta bianco perla.

Sorrise tra sé e alzò le ginocchia e con le braccia appoggiate sulla testa in un mare di morbidi capelli castani, rise.

* * *

Dopo la doccia, Bridget si coprì con un asciugamano e tornò nella sua stanza.

La videocamera era ancora montata nell'angolo della stanza sopra il comò e con essa aveva registrato la sua solitaria esibizione da prima.

Qualcosa che voleva fare senza una ragione apparente.

Un capriccio, una fantasia e niente di più, solo per catturare se stessa avendo un orgasmo con il suo pezzo classico preferito di musica Strauss.

Era diventato qualcosa che aveva perfezionato negli ultimi mesi.

Bridget si stava fondendo con la musica, come se stesse facendo l'amore con lui.

Mente e corpo in unione sessuale e armoniosa con la musica stessa.

Si sedette di fronte al comò.

Si sporse in avanti e si divise i capelli bagnati per guardare la propria faccia allo specchio.

Ciò di cui era più orgogliosa di se stessa era la sua straordinaria bellezza.

Era profondamente innamorata di se stessa, vanità al di là del riconoscimento.

Ma una cosa che gli ha dato è stato il rispetto.

Si rispettava e la sua intelligenza le diceva che questo era buono e naturale.

Almeno era una persona speciale e sicura di se stessa.

La sua vita come modella aveva dato i suoi frutti e poteva fare quasi tutto quello che voleva.

Bridget non aveva bisogno di trucco, aveva una bellezza naturale.

Ma i cosmetici l'hanno semplicemente migliorata e l'hanno presentata in modo tale da farla risaltare, facendo girare la testa, sulla scia, in soggezione e facendo invidia ad altre persone.

Ma quella era la sua vita adesso e aveva tutto ciò che desiderava davvero.

I sogni delle storie d'infanzia della sua infanzia erano diventati realtà.

Dopo aver applicato il lucidalabbra, mise il broncio e sorrise.

"Dio, sei così sexy," sussurrò al proprio riflesso.

Quindi si sedette e si strinse l'asciugamano, rivelando i suoi seni sodi, per guardarli con ammirazione.

Erano perfettamente formati ed uguali, il tono della carne era bilanciato tra il capezzolo e l'alone.

Si alzò e si voltò, la forma dei suoi fianchi, la magrezza della sua pancia, la linea liscia delle natiche e delle cosce erano ciò che tutti i modelli potevano desiderare.

E non aveva fatto altro per raggiungerlo se non per rispettare la sua naturalezza.

* * *

Quella notte arrivò al ristorante con un costoso abito blu di design che rivelava le sue forme.

Aveva i capelli raccolti con un nastro di seta bianco e fu accolta dal personale all'ingresso che la condusse al suo ospite.

Il suo profumo di gelsomino fluttuava in ogni narice di ogni persona che incontrava mentre lo seguiva attraverso i clienti seduti ai loro tavoli.

Leonardo si alzò e tese la mano per ricevere la sua.

La baciò dolcemente e notò il suo magnifico e bellissimo fisico.

Era tutto ciò che aveva sperato.

Capelli scuri e romantici occhi latini scuri.

Un sorriso che diceva tutto ciò che voleva sentire senza che le parole fossero pronunciate.

"Sono così felice che tu sia stato in grado di essere qui stasera. Sei meraviglioso", ha detto. Il capo cameriere tolse la sedia per sedersi. "Pensavo che non saresti mai arrivato qui."

"Grazie, scusa, sono così in ritardo."

"Non c'è bisogno di scusarsi. Almeno ora sei qui."

Il cameriere servì il vino per entrambi per esaminare e approvare, permettendogli di riempire i bicchieri.

Bridget era più interessata al suo ospite e guardò i suoi lineamenti immacolati quando il cameriere prese il suo ordine.

Leonardo non era solo importante per lei per quello che poteva aiutare nella sua carriera, ma era anche una persona che sognava, un uomo di cui sognava abbastanza spesso.

Ora era di fronte al tavolo di persona.

Anche se aveva il doppio della sua età, Bridget lo trovò molto interessante ed eccitante.

Era sempre stata attratta da uomini più anziani, in particolare carismatici, come lui.

Dopotutto, anche Leonardo era famoso.

Sapeva tutto di lui, aveva appreso della sua vita attraverso rapporti e riviste e aveva studiato a fondo il suo lavoro.

"Sono molto sorpreso", ha detto, "Hai rifiutato molti contratti cinematografici. Perché?"

Bridget appoggiò il viso sulla sua mano e sorrise, sporgendosi verso di lui.

"Semplice. Non sono un'attrice e non ho mai aspirato ad essere o essere."

"Capisco. Quindi non sei come gli altri."

"Gli altri?"

"Sì, altri. Top model. Hanno l'ambizione di diventare famosi al cinema. Certo, non tutti hanno quello che serve."

"Neanche io."

"Ma come lo sai?"

"Recitare per me è un'arte che richiede una certa abilità per acquisire un certo personaggio. Non sono mai stato bravo a farlo. I modelli che menzioni non sempre agiscono come tali. Hanno solo un bell'aspetto sulla macchina fotografica. E lo faccio già, ma solo come modello ".

Leonardo scoppiò a ridere. "Mi hanno già avvertito a riguardo."

"Di?"

"La tua intelligenza intelligente e la tua testardaggine."

"Davvero. E cos'altro dicono" loro "di me?"

"Che sei bella, ipnotica e molto, molto affascinante".

Il suo cibo è arrivato.

Erano clienti importanti e speciali.

L'élite del mondo della moda come molti altri che hanno usato quel ristorante.

E in silenzio hanno mangiato e bevuto vino con la musica soft suonata in sottofondo.

"Chopin", disse.

"Mi scusi?"

"Musica. È Chopin".

"Ahhh! Sì, la sento. Ti piace Chopin?"

"Adoro tutta la musica classica e moderna. Mio padre era un direttore e compositore a sé stante. Sono cresciuto con quello. La musica fa parte della mia vita."

"Questo è qualcosa che non conoscevo."

Bridget lo guardò e sorrise, "Bene, ora lo faccio."

Dopo aver finito, Leonardo ha trovato il modo di discutere il motivo del loro incontro.

Le ha spiegato i suoi desideri di averla in uno dei suoi progetti pubblicitari. "Non si comporta esattamente come dici tu", prese una nota per spiegare. "Farai la modella, ma venderai il prodotto come nei film. Forse un nuovo orizzonte da esplorare?"

Il cameriere si avvicinò per riempire i suoi bicchieri di vino vuoti.

Bridget coprì la sua con una mano, indicando che non voleva più.

"Il vino non è di suo gradimento, signora?"

"È stato meraviglioso, ma ne ho avuto abbastanza per oggi, grazie."

Leonardo la guardò e poi il cameriere, e con un gesto della sua testa, lo congedò insieme alla bottiglia di vino.

"Preferiresti andare altrove?" Chiese Leonardo.

"Una discoteca?"

"Ne hai uno a cui ti piace andare?"

Bridget lo guardò.

Aveva in mente un certo posto che era molto audace.

Un posto che amava visitare, ma non era molto conosciuto.

E sapeva che Leonardo non sarebbe mai stato lì, e voleva vederlo lì.

* * *

La loro auto privata li avrebbe condotti attraverso la città, attraverso le strade trafficate, illuminate da insegne al neon.

Leonardo era uno sconosciuto qui e lontano dalla sua casa natale italiana a Firenze.

"Questa discoteca è il tuo posto preferito?" Chiese Leonardo.

I suoi occhi la guardarono con ammirazione mentre si sedeva accanto a lei in macchina.

Sapeva che la voleva, e voleva rimuovere ogni strato dei suoi vestiti e sentire la sua pelle nuda sulla punta delle dita.

Si era abituata a uomini come lui e le sue intenzioni.

"Sì. Potresti dirlo."

"E i nostri affari? E la mia proposta?"

"Saprai quando avrò deciso," rispose lei con un sorriso, guardandolo con la coda dell'occhio mentre sentiva il suo sguardo su di lei. "Dopo che ci siamo divertiti un po', ovviamente."

Leonardo era felice.

Poteva fare tutto ciò che voleva con lui.

E qualsiasi cosa significasse tutto nel suo modo di pensare.

L'auto si fermò davanti a una discoteca su un lato di una strada isolata.

Leonardo uscì e gli offrì la mano.

Guardò le porte chiuse che non indicavano dove fossero, ma solo che facevano parte dell'establishment che stavano andando.

"Ti chiameremo quando avremo bisogno di te", disse all'autista.

In quel momento, l'auto ripartì e si diresse verso la strada principale, lasciandoli soli.

Era un'entrata laterale e Bridget andò alle porte, bussando tre volte, mentre Leonardo era in piedi dietro di lei a guardare.

Lo spioncino si aprì e disse alla persona dentro chi era.

Le porte si aprirono e un nano apparve nella cornice.

In silenzio si inchinò e permise a entrambi di entrare.

"Grazie, Thomas", gli disse.

"Buon pomeriggio, signora", rispose Thomas con un sorriso che si allargava sul suo viso da un orecchio all'altro.

2.

Leonardo era curioso.

"Non siamo abbastanza bravi da entrare dall'ingresso principale?" Chiese lei guardando Thomas.

Il nano chiuse a chiave le porte e si fece strada lungo un corridoio poco illuminato, ma abbastanza largo da dover camminare in un unico file.

"Devo dire che è molto misterioso."

Il suono dei tacchi di Bridget echeggiò, soffocando la musica dance proveniente dal club.

"Mi piacciono i misteri." Rispose Bridget.

Leonardo la seguì, osservando il movimento dei suoi fianchi mentre seguiva il nano attraverso un'unica porta imbottita.

Li condusse giù per una scala a chiocciola, che li condusse alle viscere dei locali.

In fondo andarono ad entrare in un'altra stanza attraverso le porte, che Thomas aprì, ma non entrò.

"Grazie Thomas".

Ancora una volta si inchinò, permettendo loro di entrare con lo stesso sorriso invariato sul suo viso.

Leonardo si guardò attorno.

La vista che incontrò il suo sguardo lo stupì.

C'erano diversi tavoli apparecchiati e ognuno aveva due persone sedute a lume di candela.

C'erano uomini con uomini e donne con donne e le solite coppie di uomini e donne.

Bridget condusse Leonardo a un tavolo vuoto e si sedettero.

"Quindi questa è una discoteca privata?" Chiedo.

"Sì. Molto privato."

La musica jazz lenta suonava piano e tutti sembravano guardare e sussurrare della coppia appena arrivata sul posto.

Leonardo accennò educatamente ai saluti, sorridendo ad alcuni di loro e mentre le coppie facevano lo stesso.

"È così noioso. Ti alzi presto?" Chiedo.

"Oh sì. Lo farà molto presto." Bridget rispose, sorridendo al suo ospite.

"Quindi tuo padre era un musicista? Dici di sì. Non è più con noi?"

"È morto quando avevo quindici anni." Bridget mise le braccia sul tavolo e la sua mente vagò per un momento, pensando a un altro uomo nella sua vita che una volta ammirava. "Era un musicista molto bravo, anche se non famoso come alcuni altri."

"Capisco. Mi dispiace sentirlo."

"Non bene."

Leonardo si voltò rapidamente per posare lo sguardo sulla cameriera che era arrivata al suo tavolo.

Era alta, con i capelli biondi tirati indietro e con solo un perizoma nero in tutto il guardaroba.

I suoi occhi si posarono sul suo seno pieno, le areole rosa scure e i suoi capezzoli avevano lo stesso colore del suo rossetto.

"Vorresti qualcosa, signore, signora?"

"Sì. Penso che il tuo miglior champagne andrebbe bene adesso."

"No signore. Mi riferivo a me stesso" rispose la cameriera.

Leonardo tornò a guardare Bridget che stava sorridendo ancora una volta.

Studiò l'espressione sorpresa sul suo viso e attese che dicesse qualcosa.

"Cos'è questo?"

"Vuole sapere cosa vuoi da lei"

"Sua?"

"Sì. Forse il suo corpo e i suoi affetti?"

"Ma, Bridget, non capisco"

"Dai, Leonardo, penso che tu capisca cosa significa. Come ti chiami?" Chiese Bridget alla cameriera.

Jacky signora.

"Bene Jacky, penso che Leonardo vorrebbe che ti togliessi il tanga prima di ogni altra cosa."

Jacky fece scivolare lentamente il perizoma lungo le cosce e si sporse in avanti per rimuoverlo.

"Silenzioso!" Ordinò Bridget. "Resta così, girati e lascia che Leonardo ti guardi da dietro."

"Questo non è quello che mi aspettavo in una discoteca." Leonardo scoppiò a ridere.

Jacky si voltò, le natiche di fronte a lui mentre i suoi occhi si fissavano sulla piega parzialmente aperta della sua vagina, dandogli uno sguardo sulle sue labbra, piegate come petali e circondate da un sottile nido di peli pubici biondo scuro.

"Sei concentrato." Disse Bridget. E così fanno tutti gli altri presenti nella stanza. I suoi occhi si fissarono su quelli di Leonardo, inespressivi e silenziosi. "Ti piace ciò che vedi?"

"Non sono sicuro di cosa si tratti."

"Riguarda te e Jacky. Cosa ti piacerebbe farle?"

Leonardo rise, questa volta con un pizzico di nervosismo.

"Posso pensare a molte cose che vorrei fare a lei. Ciò che è più importante è quello che mi sta facendo ora."

"E quale sarebbe?" Chiese Bridget.

"Beh ..." Ancora una volta aspettò la sua risposta. "È una specie di trucco?"

"Perché dovrebbe essere? Jacky, alzati e mostra a Leonardo qual è la tua specialità."

Jacky lo fece girare delicatamente e si inginocchiò tra le sue cosce aperte, guardandolo in faccia.

Ha iniziato ad allentare la giacca e quindi ad aprire i bottoni dei pantaloni.

Leonardo rimase immobile, alternando lo sguardo tra Bridget e poi su ciò che Jacky stava facendo.

Lentamente e delicatamente, gli mise una mano dentro e lui la sentì toccare il suo cazzo.

Era ancora inerte ma le sue azioni presto iniziarono a cambiarlo.

I presenti potevano vedere Jacky solo con la mano dentro i pantaloni, dato che solo Leonardo poteva sentire quello che stava facendo.

La sua virilità divenne più evidente con ogni carezza che gli dava.

"Ti stai divertendo?" Chiese Bridget.

"Sono un uomo. Certo che mi sto divertendo."

Bridget vide come la sua espressione mostrasse segni di lotta contro i suoi sentimenti.

Si stava eccitando e tuttavia stava resistendo dove si trovava e la situazione in cui si trovava.

"Jacky, come va il tuo cazzo?"

"È molto dura, signora, e inizia ad avere la testa bagnata."

"Fallo venire."

"Sì signora."

Le carezze di Jacky sono cresciute più velocemente e Leonardo ha trovato ancora più difficile resistere.

Era in un mondo preso tra il piacere e l'ansia, e ha provato piacere quando ha gettato la testa indietro e ha iniziato a respirare rapidamente.

Bridget guardò chiudersi gli occhi mentre il suo corpo iniziava a sporgersi sulla sedia e si morse il labbro inferiore con un gemito di soddisfazione.

Jacky si fermò e poi si alzò in piedi.

"La signora è arrivata."

"Grazie, per ora sarà tutto." Bridget la congedò e lentamente si allontanò oscillando e giocando con il suo perizoma in mano.

Leonardo si fermò e aprì gli occhi, rivolgendosi a Bridget.

"Perchè lo hai fatto?" Chiedo.

"Era quello che volevi."

"Non mi sarei mai aspettato che succedesse. Cos'è questo posto?"

"È il mio sogno diventato realtà". Rispose Bridget.

"Tuo? Possiedi questo club?"

"Da questo seminterrato, sì."

"Quindi tutto quello che posso dire è che sei una ragazza strana, Bridget e il tuo senso di divertimento è intrigante. Cosa succede adesso?"

"Seguimi."

Bridget fece strada attraverso i tavoli e Leonardo lo seguì, abbottonandosi i pantaloni e annuendo e sorridendo agli ospiti che avevano ancora gli occhi fissi su di lui, e ancora inespressivi.

"E chi sono loro?" si chiese.

Entrarono in una stanza e Bridget chiuse la porta dietro di loro.

C'era una scrivania e una sedia nella stanza, illuminata solo da un candeliere.

Bridget si appoggiò al tavolo e incrociò le braccia guardandolo.

"Mi ami, vero Leonardo?"

"Per il contratto? Sì."

Lei rise

"Quello e qualcos'altro?"

"Vuoi dire. E se volessi fare l'amore con te? Quale uomo potrebbe resistere a quell'opportunità? Ma ancora non capisco. Perché stai giocando a questo gioco?"

"Quale gioco?"

"Mi inviti qui e poi permetti che ciò accada. Perché?"

Si avvicinò a lui e rimasero vicini, intatti.

Leonardo era attratto dalla sua insaziabile attrazione, chinandosi per baciarla.

Lei aprì le labbra e lui le succhiò la lingua fino a quando il suo bacio divenne appassionato.

La sua mano trovò la spaccatura nel suo vestito, che correva per la lunghezza della sua morbida coscia, ma Bridget le afferrò il polso prima di raggiungere il fianco, separando rapidamente il bacio.

"No, non ancora."

"Cosa intendi?"

"Prima ho bisogno di un favore", ha detto.

"Che tipo di favore?"

"Faresti qualcosa per me? Qualcosa che ti ho chiesto di fare?"

"Sì. Per toccarti e fare l'amore con te, farò qualsiasi cosa."

"Allora siediti e ascoltami."

Si alzò a sedere e si scostò i capelli, guardandola ogni mossa mentre apriva la scrivania.

Bridget tirò fuori una grande busta verde e la mise in cima.

"Questo è molto importante. E ho bisogno che tu mi dica che mi farai questo favore."

Leonardo si era calmato e aveva cominciato a chiedersi quale aiuto avrebbe voluto.

"Voglio che tu lo consegni."

Gli porse la busta.

Era voluminoso ma morbido al tatto.

"Che cos'è?"

"Non importa. Lo farai per me?"

Bridget si mise a cavalcioni sul grembo, permettendo all'abito di aprirsi lungo la grande apertura in modo da poter vedere le sue mutandine azzurro pallido premute contro l'inguine.

La guardò mentre scivolava dolcemente in avanti, lasciando che la scollatura si piegasse e consentendogli di vedere la sua pelle setosa e la forma arrotondata del suo petto.

"Dimmi di più. Dove lo consegnerò?"

"Quando ritorni a Firenze, devi consegnarlo con il nome e l'indirizzo della persona sull'etichetta."

Leonardo lo guardò e lo lesse.

"Conosco questa persona."

"Sì, lo so", rispose lei, accarezzandogli delicatamente il viso con il dorso delle dita.

"Ecco perché ti chiedo questo favore."

Lei avvicinò delicatamente il suo viso al suo e poi lo baciò.

Leonardo voleva più di quel bacio, ma lei gli mise le dita sulle labbra.

"Non."

"Allora accetto. Possiamo fare l'amore adesso?"

"Non ancora. Devo essere sicuro che lo farai per me."

"Certo che lo farò."

"No. Non ora e non qui."

Le sue dita sottili gli accarezzarono le labbra mentre lo guardava.

La sua espressione era piena di curiosità.

"Quando?"

"Quando vieni dall'Italia e lavori per te."

"Ma non eri sicuro prima. Significa che accetti il contratto?"

"Ovviamente."

Lei sorrise e poi lo baciò.

La abbracciò e lei si rese conto che la busta era tra di loro e si ritirò rapidamente.

"Devi prenderti cura di te. Tienilo al sicuro, non piegarlo o aprirlo per nessun motivo."

"Cosa c'è dentro?" Chiedo.

"Un regalo." Gli disse Bridget.

Lei sorrise e guardò nei suoi deliziosi occhi castani.

* * *

Già, più tardi, l'auto è tornata.

L'autista parcheggiò e attese dove aveva lasciato i passeggeri quella notte, e in pochi minuti le porte laterali si aprirono.

Leonardo è stato rilasciato da Thomas e si è rivolto a ringraziarlo.

"Il piacere è mio, signore."

Thomas si inchinò e poi chiuse le porte.

Leonardo si alzò e pensò a quello che era successo quella notte e guardò la busta in mano.

Salì in macchina e ordinò all'autista di riportarlo in albergo.

3.

Bridget guardò Thomas chiudere le porte.

Si voltò e le passò accanto, questa volta non c'era un largo sorriso; invece, ha semplicemente ignorato la sua presenza come se non fosse lì.

"Ben fatto ... ben fatto."

Jacky apparve dal nulla e batté lentamente le mani.

Rimase dietro Bridget nell'ombra.

"Penso che sia andato abbastanza bene, vero?"

Bridget si voltò a guardarla.

Adesso era vestita e non era più la cameriera servile che era stata quella notte stessa.

"Ho pagato gli ospiti. Sono pronti per partire."

"Non sono sicuro che questa sia la cosa giusta da fare." Disse Bridget.

Jacky si avvicinò, il suo viso ora visibile e con un sorriso trionfante.

"Inoltre, non ho mai tradito nessuno prima d'ora."

"Oh? Sono sicuro che hai ragione."

Jacky allungò le braccia su entrambi i lati di Bridget, mettendola tra lei e il muro.

"Lo volevi e insieme possiamo uccidere due piccioni con una fava. Tutto quello che devi fare è negare che sei venuto qui stasera."

"E l'autista?"

"L'autista lavora per me. Vedi, tutto è pianificato. Tutto ciò che rimane è ..." Jacky passò un dito tra i capelli di Bridget, continuando lungo la sua guancia e fermandosi alle sue morbide labbra aperte. "Tutto ciò che rimane è il tuo silenzio."

"Mi dispiace di averlo accettato."

"Questo non è il momento di lamentarsi. Non ora che siamo arrivati così lontano."

"Che cosa ha fatto Leonardo? Perché lo odi così tanto?"

Jacky fece un passo indietro e la sua espressione cambiò.

"Per quello che ha fatto a mia sorella. Ho promesso di vendicarmi, e ora ho l'opportunità, grazie a conoscerti."

"E tutto quello che devo fare è negare quello che è successo?"

"Sì. E lo capisci anche tu, non dimenticare. Due uccelli, un colpo. La vendetta può essere così dolce mia cara Bridget ... così dolce."

"Ho bisogno di un taxi. Ne ho abbastanza per una notte." Rispose Bridget.

Jacky schioccò le dita e Thomas apparve all'istante dall'ombra dello stretto passaggio.

"Hai già sentito la signora, Thomas. Chiama un taxi per prenderla all'entrata principale."

* * *

Bridget tornò nel suo appartamento, si fece il bagno e si preparò a rilassarsi nel suo letto con la videocamera in mano.

Ha suonato di nuovo la videocassetta all'inizio della sua esibizione solista, che ha registrato quello stesso pomeriggio.

Accese il centro musicale con un telecomando che continuava a suonare la musica di Strauss che amava così tanto.

Stava per dare un'occhiata al nastro, ma il brano musicale che stava suonando le ricordava di nuovo suo padre.

Era anche il suo preferito.

I ricordi iniziarono a inondare la sua mente da quando si sedette sul balcone della sala da concerto e guardò suo padre dirigere lo stesso pezzo.

Lo ha fatto con tanta grazia e con tanta fiducia, sentendo ogni parte della musica e ogni strumento.

Il telefono squillò accanto a lui.

La svegliarono dal flashback e guardarono l'ora.

Era tardi e non si aspettava che qualcuno la chiamasse, specialmente il suo numero di casa.

"Ciao?"

"Bridget? Sono io, Leonardo" disse la voce.

Fu sorpresa di vedere che l'avrebbe contattata di nuovo così presto.

"Come hai avuto il mio numero?"

"Non è difficile per me. Avevo bisogno di parlarti. Non riesco a dormire."

Lei ascoltò con preoccupazione.

Questo non doveva succedere.

Si inginocchiò sul letto tenendo l'asciugamano intorno a sé.

"Ciao Bridget, ci sei?"

"Sì."

"Come ho detto, non riuscivo a dormire. Questa notte è stata così strana che non riesco a smettere di pensarci. Hai sfruttato una delle mie debolezze e nessuno l'aveva mai fatto prima senza dirglielo. Devo vederti."

"Non!"

"Ascolta ... non riattaccare. Per favore, lasciami parlare. Perché questo dono è così importante per Angel? Perché me l'hai dato?"

"Cosa intendi?"

"Voglio dire, perché hai dovuto giocare a quel gioco? Non fraintendermi, Bridget, mi è piaciuto. Ma sembrava che tutto fosse organizzato per me. E ho pensato che ce ne sarebbe stato di più."

"Non è stato un gioco."

"Allora non capisco. Certo, ti offrirò il regalo se lo desideri. E spero che lavorerai per me molto presto. Redigerò immediatamente il contratto e te lo invierò. Ma è così ridicolo, perché non possiamo stare insieme?" Per alcune ore? Posso chiederti di prendere subito la mia macchina e correre attraverso i miei feticci e fantasie per stasera. "

"No Leonardo".

E rimise rapidamente il ricevitore al telefono, interrompendolo.

Si inginocchiò per un po 'chiedendosi cosa fare.

Questo non faceva parte del piano.

Sarebbe stato solo un incontro.

La discoteca e quello sarebbe.

In pochi giorni l'obiettivo sarebbe stato raggiunto, e sia Leonardo che Angel sarebbero morti.

E nessuno avrebbe mai saputo chi l'aveva fatto e se avessero investigato, poi negarlo avrebbe permesso loro di cavarsela.

Si appoggiò all'indietro e si morse nervosamente il pollice, la sua mente corse con pensieri di rimpianto e senso di colpa.

Si fidava esplicitamente di Jacky.

* * *

Leonardo era seduto nella sua stanza d'albergo con il telefono in mano.

Il debole suono della linea disconnessa continuava a fare le fusa mentre pensava e poi riappese il ricevitore desiderando che Bridget avesse effettivamente accettato la sua offerta di lavoro.

La desiderava così tanto ed era da tanto tempo che desiderava una donna tanto quanto lei.

Ma era anche pronto a spiegare il suo strano comportamento, rendendosi conto che poteva semplicemente giocare con lui, giocando con le sue emozioni sessuali più profonde e oscure.

Chiamò l'operatore chiedendo una linea diretta a Miguel Ángel Andreotti.

Sarebbe tardi a casa, ma sentiva che la chiamata era importante adesso.

In pochi secondi Angel rispose direttamente.

"Sono Leonardo, Leonardo Biscas. Mi dispiace disturbarla a tarda ora, amico mio, ma qualcosa mi disturba ..."

* * *

Bridget ha posato naturalmente per la fotocamera.

Non aveva bisogno di molti suggerimenti da parte del fotografo, dal momento che si comportava naturalmente come si aspettava.

L'abbigliamento di seta che indossava era disegnato nel modo che la brezza della ventola avrebbe dovuto darle, e la sua forma lo completava adattandosi perfettamente a tutte le parti giuste del suo corpo, il materiale di seta che premeva contro il suo seno, il suo capezzoli chiaramente definiti ed evidenziati attraverso di esso.

"Stai benissimo, piccola. Ok, va bene per oggi", ha detto il fotografo.

Si rilassò e lasciò il set, andando dal suo truccatore personale che era in attesa di accompagnarla nello spogliatoio.

"Domani, Bridget, per favore."

"Nessun problema." Lei rispose, baciandolo leggermente sulla guancia.

Quando entrò nel camerino, Leonardo era seduto sul cassettone.

Bridget fu sorpresa di trovarlo lì. "Cosa stai facendo qui?"

"Pensavo di farti visita."

"Ma dovevi tornare a Firenze."

"Ho cancellato il mio volo fino a una data successiva."

"Non puoi!"

"Ma l'ho fatto. Avevo bisogno di vederti di nuovo."

Bridget si rivolse alla sua truccatrice, una ragazza timida con gli occhiali che sembrava sorpresa quanto Bridget per scoprire che Leonardo si era invitato ad entrare nello spogliatoio.

"Perché non me l'hai detto?" Gli chiese Bridget.

"Scusa, non sapevo che fosse qui."

"Ok, lasciaci soli."

La ragazza se ne andò in fretta, chiudendo la porta dietro di sé.

Bridget iniziò a togliersi il vestito che indossava con le spalle rivolte verso di lui.

La osservò attentamente mentre restava completamente, tranne i suoi pantaloncini bianchi di fronte a lui.

"Per favore, voltati, almeno fammi vedere," chiese.

Bridget le prese il seno e si voltò verso di lui, sorridendo.

Nonostante il suo comportamento eccentrico la sera prima e ancora averlo, lei era un mistero allettante per lui.

Era ai suoi occhi una donna molto bella, assolutamente irresistibile.

E Bridget aveva gli stessi pensieri nei suoi confronti.

Di tutti gli uomini che avesse mai incontrato in vita sua, Leonardo era il più impressionante.

Quest'uomo non solo aveva potere e ricchezza, ma anche un'immensa attrazione fisica.

"Perché non sei venuto da me quando ti ho chiamato la scorsa notte?" Chiedo.

Si alzò e camminò verso di lei.

"Pensavo che il nostro piccolo gioco fosse appena iniziato."

"Ero stanco. Era stata una lunga giornata."

Le prese la mano sinistra e la allontanò delicatamente da lei.

I suoi occhi incontrarono il suo petto e un capezzolo che mostrava che stava sentendo la sua erezione.

"E la scorsa notte era solo una piccola cosa che avevo risolto. Sapevo che ti sarebbe piaciuto. Oltre al tuo favore, ovviamente."

"Ahhh! Sì, il regalo per Michelangelo."

Alzò la mano sulle sue labbra e le baciò le dita.

Lo guardò, assaporando ogni dolce leccare della sua lingua mentre i suoi occhi si fissavano su quelli di lei.

"Miguel Ángel era un ottimo amico di mio padre", cominciò a spiegare. "È solo qualcosa che volevo che avesse."

"Ovviamente."

I suoi baci si spostarono lungo il dorso della mano con gli occhi fissi, osservando i suoi occhi riempirsi del desiderio che stava instillando.

"La maggior parte della gente mette regali in scatolette avvolte in una bella carta."

"Non avevo tempo. Ero molto occupato."

"Bene, ora ho più tempo qui da trascorrere con te, forse puoi rendere il regalo più presentabile."

Bridget fu scossa dal suo suggerimento impensabile e ritirò rapidamente la sua mano.

"Non."

"Perchè no?" Chiedo.

Lei lo guardò, la sua mente cercava una risposta che non aveva.

"C'è qualcosa dietro la questione?"

"Nerd."

"Penso che ci sia qualcosa dietro. Stai nascondendo qualcosa."

"Cosa nascondevo?"

Iniziò a cercare vestiti nella stanza, trovando il reggiseno.

Ha iniziato a indossarlo.

"Aspetta, lascia che ti allacci."

Bridget si tirò su i capelli mentre iniziava a stringere i fermagli.

Le passò delicatamente le dita sulla spalla e il suo tocco la fece sussultare, gli occhi chiusi volendo di più.

Era una delle parti erogene più sensibili del suo corpo.

La girò e le loro labbra si incontrarono.

Un bacio, che aveva cercato, ma per lei era impossibile negarlo, dal momento che diventava più passionale con il passare dei secondi.

"Voglio che tu mi scopi," sussurrò.

Leonardo la sollevò, le sue mani le afferrarono le natiche mentre lo abbracciava, continuando il bacio.

Lo portò al cassettone, lo fece sedere su di esso e ne disperse il contenuto.

Bridget spalancò le cosce mentre la sua mano le toccava l'inguine, sentendo la sua calda umidità.

C'erano un paio di forbici a portata di mano e le prese, tagliando la cintura dei calzoni su entrambi i fianchi e lasciando cadere il materiale, esponendo il suo sesso.

Quindi si tagliò il reggiseno tra i seni.

Riunendoli tra le mani, li strinse delicatamente per permettergli di baciarsi e succhiarli mentre cercava di togliersi la giacca.

Leonardo l'aiutò, gettandola a terra.

Vederla ora aperta a lui lo fece smettere di assaporarla.

Leonardo si inginocchiò e le mise le dita sulle labbra vaginali.

Lo sentì separarsi da lei, per ammirare i suoi petali luccicanti e aprire il suo nuovo dominio privato rosa.

Lì davanti a lui c'era tutto ciò che aveva immaginato nei suoi sogni.

Poi sentì la sua lingua assaporarla, calda e penetrante.

Leccò il suo piccolo clitoride, estraendola dal suo cappuccio protettivo e inviandole ondate di estasi.

La sua fantasia si stava avverando da quando aveva voluto sentirlo farlo da molto tempo.

Il tocco della sua lingua era esattamente come l'aveva immaginata.

E quando le immerse il dito in profondità, la fece rabbrividire e sospirare di piacere.

Si alzò e, con le braccia appoggiate su entrambi i lati, si baciarono appassionatamente.

Ora Bridget voleva assaporare il suo sesso sulle labbra perché ciò avrebbe reso tutto più eccitante.

Non gli avevano mai fatto sesso orale prima di allora.

Leonardo era stato il primo e voleva premiarlo.

Senza esitazione, si sbottonò i pantaloni e trovò il suo duro cazzo che cadeva tra le sue dita, sentendo la forma e il grande contorno, molto spessi e venosi, di cui era dotata.

Ancora una volta, i suoi sogni si stavano realizzando.

Molte volte aveva sognato di prendere il suo cazzo in bocca.

L'altra sera in discoteca, voleva essere al posto di Jacky, a fare le cose che gli stava facendo.

"Sei pronto a farlo?" le sussurrò.

Sebbene fosse pronta, c'era qualcos'altro che dovevo chiarire.

"Sii gentile" ansimò piano. "Sarà la mia prima volta."

Si fermò per un momento e pensò a ciò che aveva appena confessato.

Era qualcosa che non mi sarei mai aspettato.

Era una delle donne più belle del mondo ed era ancora vergine.

La rispettava per questo e invece di spingere forte e profondamente, le permise di guidarlo tra le sue labbra e la schiacciò lentamente.

Bridget emise un sospiro quando lo sentì entrare.

All'inizio non era diverso dalle dita alle quali si era abituato.

Quindi cominciò a spingere delicatamente più a fondo.

Gli afferrò le spalle, scavando le unghie nella sua pelle.

"Sei sicuro di essere pronto?" chiese di nuovo.

"Sì."

"Dimmi se fa male. Non voglio farti del male."

"Sto bene. Non dispiacerti."

"Non c'è bisogno di pentirsene, Bridget. Non avrei mai immaginato che tu fossi vergine. Questo fatto rende questa volta ancora più prezioso per me."

Lei sorrise, chiuse gli occhi dolcemente e lasciò la presa sulla sua pelle.

"Grazie."

Leonardo le diede una leggera spinta, mandando la sua virilità il più profondamente possibile dentro di lei.

Ancora una volta le sue dita lo afferrarono in risposta.

Ma non era a causa del dolore, ma a causa della sensazione di pienezza e dell'intimità che lo accompagnava.

"Prometto che non verrò dentro di te," sussurrò piano.

Ma era un desiderio che desiderava ardentemente, ma sapeva che il fatto che fosse stato rilasciato non era molto ragionevole.

Non solo era vergine, ma era anche nell'età della maturità e della fertilità, e questo momento era solo per piacere e non per procreazione.

Cominciò a spingere e ritrarsi, inizialmente lentamente, valutando la sua risposta.

Bridget sentì crescere il suo orgasmo, cominciò a cavalcare e assaporare il viaggio al suo culmine.

Leonardo gli diede quel privilegio quando le sue urla si fecero più forti e sapeva di aver raggiunto il picco quando le sue unghie le affondarono nella pelle e il suo corpo tremò.

Per Bridget, era come nessun'altra liberazione orgasmica che avesse mai provato prima.

Questa volta non era autoindotto, questa volta il suo mantra non era musica e questa volta le fantasie erano reali.

E ora, invece di smettere, Leonardo iniziò a rallentare il passo, lasciando che i sentimenti in lei rimanessero.

"Divertiti, mio prezioso", ha detto. "Lascia che ti porti dove non sei mai stato prima."

Ora sapeva qual era la differenza.

Leonardo le diede un orgasmo che durò molto più a lungo delle sue aspettative immaginate.

Quindi ha raggiunto i propri limiti sotto la forza di tale passione.

Si ritirò e lei sentì la calda corsa del suo seme colpire l'ombelico mentre gemeva la sua stessa liberazione orgasmica in armonia con la sua.

Insieme iniziarono a rilassarsi e i baci non erano più ferventi, ma gentili e amorevoli.

Bridget lo sentì calmarsi attraverso di lei.

Qualcosa che stava risparmiando per una persona speciale era già stata fatta, eppure Leonardo le era ancora estraneo.

E poi le sussurrò qualcosa, il che la fece riflettere.

"Ti amo."

* * *

Si sentì bussare alla porta.

"Signorina, posso entrare adesso?" chiese la voce.

Era il suo truccatore.

Leonardo si allontanò da lei in modo da poter diventare decente.

"Sarò libero tra un momento." Rispose Bridget.

"Il fotografo vuole chiudere lo studio."

"Digli di aspettare un po ', non ci vorrà molto."

Leonardo le sorrise e l'abbracciò, sigillando i suoi ultimi momenti con un altro lungo bacio significativo.

4.

La stanza era buia.

Illuminato solo da una lampada da parete rosa e sotto di esso un letto, in cui Jacky giaceva nudo, piangendo di piacere.

I suoi polsi erano ammanettati al muro, i suoi seni si agitavano e tremavano mentre resisteva.

"Oh si si!"

La sua voce si ripeté mentre scuoteva la testa da un lato all'altro in un'esibizione selvaggia di gratificazione.

E accanto a lei c'era la schiava del sesso, un uomo muscoloso, giovane e scuro con gli occhi blu zaffiro, le dita dentro il suo sesso, che la accarezzava verso un orgasmo orgasmo.

Thomas, il servitore nano, entrò nella stanza con un telefono cellulare e la schiava del sesso ritirò i suoi teneri tocchi.

"Miss Jacky, una chiamata importante."

Jacky si fermò; il suo respiro era pesante con un'espressione di angoscia sul viso.

Odiava essere presa in giro in momenti di estrema estasi.

"Quante volte ti ho detto di non disturbarmi mai quando sono occupato?"

"Ma questa è Miss Bridget." Rispose Thomas.

La schiava liberò la mano destra dal braccialetto con cui era legata in modo che potesse rispondere alla chiamata.

"Cosa vuoi Bridget? È meglio che sia urgente."

"È molto urgente." Rispose Bridget. "Leonardo non è tornato a Firenze come ci aspettavamo."

"Cosa? Cosa vuoi dire, non è tornato come previsto? Questo non è un buon momento per scherzi sciocchi."

"Non sto scherzando. Non se ne andrà."

Jacky si sedette e congedò il suo schiavo e servo.

"Okay. Quindi è meglio che ti spieghi. Ed è meglio che sia una buona spiegazione."

"Penso che sospetti qualcosa. Sapevo che questa era una cattiva idea."

Bridget era seduta nel suo salotto a guardare il video che aveva registrato con il suono disattivato.

"Sono stato con lui questo pomeriggio e gli ho chiesto di restituirmi la lettera."

"Gli hai detto che era una bomba?"

"No, non sono così stupido."

"Vuoi dire che abbiamo fatto tutto questo per niente?"

"Sì. Te l'ho detto, è stata una cattiva idea. Non avremmo mai dovuto andare così lontano."

"Quindi, cosa facciamo ora?" Chiese Jacky.

"Fammici pensare."

Bridget scollegò rapidamente il suo telefono e lo mise accanto a lei proprio mentre Leonardo entrava nella stanza e gli prendeva una mano nella sua.

Insieme, hanno guardato il video e il finale che è stato visualizzato davanti a loro.

Gli occhi di Bridget si spalancarono, un piacevole sorriso sul suo viso mentre si vedeva sullo schermo, culminando con la musica.

Questo la riempì di sentimenti di desiderio sessuale, per rivivere il momento ancora una volta.

Leonardo le toccò il viso, osservando la sua espressione mentre chiudeva gli occhi e si mordeva delicatamente il labbro.

"Ti piace compiacerti per quello che vedo," le sussurrò.

Lei annuì in risposta.

"E ti piace prenderti cura di te?"

La sua mano si allungò e le toccò il petto coperto, la durezza del suo capezzolo sulla punta delle sue dita.

"La musica ti dà piacere?"

I suoi occhi si spalancarono leggermente e lo guardò.

"Questa è la mia cosa. Sono sempre stato contento di questo particolare pezzo per tutto il tempo che posso ricordare."

Leonardo sorrise e allungò una mano per baciarla.

Bridget accese il lettore musicale.

Si sdraiò e guardò dal letto la sua forma nuda, si voltò e camminò lentamente verso di lei.

Tutto illuminato dalla fioca luce delle candele atmosferiche.

La musica iniziò a suonare e la stanza si riempì di suoni.

Un altro dei suoi classici preferiti, questa volta da Stravinski

Si mise a cavalcioni sui suoi fianchi e si sporse in avanti, baciandogli la fronte e il naso.

Chiuse gli occhi, sentendo i suoi teneri affetti mentre i suoi seni sfioravano delicatamente il suo petto.

Quando le loro lingue si intrecciarono, sentì le sue mani toccargli i glutei, un dito che si allontanava ed esplorava il suo sesso e la sua durezza premendo su di lei.

Si alzò a sedere e, per la prima volta, poté vedere la sua virilità, in piedi con orgoglio, la sua pelle più scura della pelle dell'ombelico e del suo bozzolo esposto.

Le sue dita gli accarezzarono, sentendo le vene sporgere come flussi invertiti.

Era stata la prima volta che toccava un uomo così.

Sollevò le mani, stringendosi amorevolmente il seno.

La sensazione delle sue dita sui suoi capezzoli ha trasmesso un'ondata di piacere attraverso il suo corpo.

Sentì il bisogno di fare qualcosa che era esistito solo nelle sue fantasie fino ad ora.

Lei lo guardò, sorrise e gli scivolò lungo le gambe finché non fu in grado di portargli la sua virilità alla bocca.

Il primo contatto con il pene di un uomo non fu quello che si aspettava, ma la sua lingua esplorò ogni parte del suo glande, e poi l'amarezza nel gusto del suo liquido preseminale si trasformò in un'altra deliziosa sensazione.

Leonardo si passò le mani tra i capelli, gemendo con apprezzamento per quello che stava facendo.

Aumentò le sue azioni, portandolo più in profondità nella sua bocca, succhiandolo e leccandolo, assaporando la sua pelle morbida contro la sua lingua.

La sua mano premette più fermamente sulla sua testa e i suoi fianchi iniziarono a piegarsi nel ritmo che le piaceva.

I suoi gemiti si fecero più forti quando mormorò qualcosa sottovoce e improvvisamente, senza preavviso, sentì il suo carico caldo scorrere nella sua gola.

Non aveva altra scelta che ingoiare.

Ma con il secondo diluvio di sperma, fu in grado di trattenerlo, permettendogli di coprire la sua virilità in una miscela mescolata con la sua stessa saliva.

Lo lasciò andare, usando la sua mano magra per espellere un'altra carica che scorreva come uno sciroppo bianco sulle dita.

Per qualche ragione, la musica non sembrava più importante.

Leonardo aveva sostituito quella certa magia.

Il fascino di fare l'amore con la musica stessa era diventato secondo nella realtà delle cose.

Questo era un vero uomo, un vero amante e insieme crearono il proprio genere di musica.

A differenza degli uomini più giovani che aveva mai preso in giro in partite precedenti in un passato non troppo lontano, Leonardo era bloccato con l'arto duro.

E a differenza del passato, ora era pronta ad assumere l'intensità del sesso.

Voleva prendere il controllo.

Lentamente, Bridget fece scivolare la sua virilità verso di lei.

Ero bagnato e questo passaggio sembrava più facile ora mentre premeva.

Le strinse i fianchi permettendole di cavalcarlo delicatamente, usando le dita per toccare il clitoride, producendo una combinazione di masturbazione e la sensazione di essere dentro di lui.

Un'ondata di sensazioni formicolanti le inondò i sensi mentre raggiungeva l'apice del suo orgasmo.

Il culmine è stato straordinario e ha scoperto una nuova sensazione.

Leonardo gli sorrise.

Era l'uomo più attraente che avesse mai visto e ora sembrava ancora più delizioso, avendo realizzato uno dei suoi sogni più sfrenati.

Si appoggiò ancora una volta a lui e si distese tra le sue braccia, sentendo il suo calore e la carezza delle sue dita mentre giocavano tra i suoi capelli.

La vicinanza di un uomo non era mai sembrata la sensazione che provava adesso.

L'unico uomo che aveva mostrato il suo affetto prima era suo padre finora.

Nonostante la sua bellezza ipnotica, si era privata dei piaceri sessuali con gli altri.

Le sue relazioni con gli uomini in passato sono rimaste distanti, per evitare che le sue tentazioni prendessero il sopravvento.

Nient'altro che un bacio profondo a volte, senza sentimenti, che dava loro l'impressione che avesse freddo.

Non era che odiava gli uomini o il sesso.

Era più profondo di così.

Bridget pianse a modo suo l'improvvisa morte dell'uomo che amava così tanto, come se credesse di non poter appartenere a nessun altro.

Poi l'autostima e la vanità la investirono negli anni.

In un certo senso, ciò le ha dato fiducia in se stessa per diventare quello che era e fare l'amore per se stessa e la musica più importante che cercare l'amore altrove.

L'incontro casuale con Leonardo è stata un'opportunità per lei di incontrare un uomo che aveva ammirato per molti anni e anche un mezzo per vendicare suo padre con l'amico di Leonardo, Miguel Ángel Andreotti, di cui credeva fosse responsabile suicidio di suo padre.

Ed era Jacky che avrebbe pianificato il piano per soddisfarli entrambi.

Ma Bridget non era sicura di volere che Leonardo soffrisse per tutto questo.

Non l'aveva mai incontrato fino ad ora e prima di allora, uccidere uno sconosciuto sembrava qualcosa che poteva accettare in parte.

Adesso era diverso.

Andreotti era l'unico che voleva morto per soddisfare il suo dolore, e non Leonardo.

"Ho la busta nel mio hotel se vuoi che torni a Firenze", ha detto.

Si chinò accanto a lui e fece scorrere le dita sul suo petto, nel profondo dei pensieri.

"E posso prenderlo e tornare da te."

"Sì! Ti rivoglio."

La sua ambiziosa risposta lo stupì.

"Dimmi, cosa c'è nella busta? Devo saperlo. Non tenerlo più un mistero."

"Come ho già detto, è un mio regalo per Miguel Ángel. Niente di speciale."

"È interessante, perché gli ho parlato e gli ho parlato di te. Gli ci è voluto del tempo prima che si rendesse conto di chi eri."

"E?"

"Ti ricorda. La figlia del suo collega, Christopher Baldwin, un geniale direttore d'orchestra. Sembra che abbia rispettato tuo padre."

"È così?"

"E sembra che tu non sia d'accordo."

Bridget strappò la trapunta dal letto e corse in bagno.

Ciò sembrò abbastanza per convincere Leonardo che c'era qualcosa, non solo misterioso nella busta, ma nel complesso di cui si era trovato parte.

C'erano segreti e bugie intorno a tutto, e sebbene la rispettasse e sarebbe tornata in Inghilterra soprattutto per incontrarla, ora era coinvolto in qualcosa che poteva minacciare la sua vita.

La seguì in bagno.

Si sedette sul water pensierosa, come se non fosse lì.

"Dimmi cosa c'è nella busta e prometto che lo terrò con noi. Non uscirà da qui."

Bridget lo guardò e realizzò quanto tutto andasse male in questo piano.

"Non dovresti aprirlo in nessun caso."

"Perché? Me lo devi dire."

Si inginocchiò davanti a lei e le prese la mano.

"Cosa c'è dentro la busta?"

"È una bomba".

"Una bomba? Che tipo di bomba?"

"Una bomba a lettere. Esploderà non appena Angel la aprirà."

Leonardo si alzò e la guardò incredulo.

L'audacia del suggerimento che aveva pianificato di uccidere la sua amica era devastante, e lui sarebbe stato il corriere, il mezzo per consegnarlo, la sua nemesi.

"Avevi intenzione di uccidere Angel? Ma perché?"

"Per quello che ha fatto a mio padre."

"Ma cosa ha fatto di così terribile? Non capisco."

"Lo ha costretto a suicidarsi."

"Come?"

Bridget ha spiegato il tempo in cui era con suo padre a Parigi e Michelangelo e aveva una discussione nella stanza d'albergo.

"Mio padre ha scritto una composizione che gli ha insegnato. Ángel ha detto che la musica era simile a quella che aveva scritto mesi prima e ha accusato mio padre di averla plagiata. Hanno litigato a lungo, quasi combattendo, e poi Ángel ha detto: se avesse osato farlo Rappresentarla al concerto lo richiederebbe ".

"E la composizione apparteneva ad Angel?" Chiese Leonardo.

"Sì. Mio padre l'ha modificata, ma ha apportato molte modifiche e miglioramenti. Così tanti che ha effettivamente fatto il suo lavoro. C'era ben poco della colonna sonora originale che Ángel aveva scritto."

"E così?"

"Due giorni dopo, mio padre ha diretto un concerto a cui Michelangelo non ha potuto assistere. Ha aggiunto il brano aggiuntivo e quella sera è stato suonato per la prima volta. Mio padre ha detto al pubblico che era la sua ultima composizione, ma Miguel Ángel scoprì. Diventò nemico e mesi dopo mio padre perse tutto ciò che aveva. La corte concordò con Angel che la composizione era originariamente sua. Mio padre era rovinato. "

I ricordi tornarono aspri e Bridget cominciò a singhiozzare mentre Leonardo la stringeva forte.

"Non ne sapevo nulla. Angel è un uomo molto riservato, non me ne ha mai parlato."

Mentre lo teneva, si rese conto che se avesse consegnato la bomba a lettere, anche lui sarebbe stato una vittima.

Non c'era dubbio che sarebbe stato con Angel una volta aperto.

"Scusa Leonardo."

"Sai che questa bomba avrebbe ferito o ucciso anche me, vero?"

Bridget sollevò la testa dalla sua spalla.

Si asciugò le lacrime dagli occhi mentre lo guardava.

"Sì. Avevo paura di qualcosa del genere, ma quella parte del piano non era ciò che era coinvolto."

"Quindi non sei solo in questo?"

"No. Non potrei mai elaborare un piano come questo da solo."

"Allora chi altro è coinvolto?"

Gli prese la mano e tornò con lui in camera da letto.

Insieme si sedettero e lei spiegò della discoteca.

"Non è il mio club. Quello era un modo per farti arrivare così potevo darti la busta. Ed era l'idea di qualcuno che voleva umiliarti allo stesso tempo."

Leonardo era sempre più confuso.

Sapeva che Bridget non era il tipo di persona che poteva andare così lontano.

La lasciò continuare;

"Tre mesi fa ho incontrato Jacky, la cameriera in discoteca. Ha scoperto di mio padre e Michelangelo e sapeva che era dispettosa per quello che era successo. Ha anche scoperto che stava cercando di organizzare un incontro con me per parlare di un contratto e anche quanto ero interessato a te. Beh, più che interessato, sapeva di provare qualcosa per te "

Lui sorrise e le accarezzò delicatamente il viso.

"È ovviamente questa cosa che mi amavi?"

"Sì. Da lontano, la prima volta che ti ho visto, ho sempre voluto incontrarti. Mi sono innamorato di te, suppongo, se possibile."

"In tal caso, dovrei innamorarmi di ogni bella donna che vedo."

"No, Leonardo, sono serio. Ero innamorato di te. Per quanto mi riguardava, eri l'uomo più bello che avessi mai visto. E quando ho scoperto che volevi incontrarmi, mi sono sentito molto sopraffatto."

"E Jacky? Dove si adatta a tutto questo?"

"Jacky è venuto a trovarmi. Si è avvicinato a me come agente e mi ha offerto una partnership per un progetto che stava progettando negli Stati Uniti. La promessa di essere un presentatore televisivo era irresistibile e ho capito che potrebbe essere qualcosa di cui potrei avere bisogno. in futuro. Ma poi, con il passare delle settimane, ho iniziato a rendermi conto che non aveva progetti e che il suo interesse per me era per i suoi scopi. Voleva usarmi per contattarti. "

"Io? Dovrei conoscerla?"

"No. Ma c'è qualcuno che conosci che unisce i due."

"Oms?"

"Sua sorella. Tu e lei vivevate insieme. È annegata in un incidente."

Leonardo si alzò rapidamente e improvvisamente ricordò quella tragica notte a Venezia più di dieci anni fa.

Jane! Non può succedere.

"Non sapeva nemmeno il nome di sua sorella. Ma qualunque cosa accada, Leonardo, si sente come se fossi responsabile del suo annegamento. Vuole farti pagare per questo."

"Non capisco. Non è stata colpa mia."

"Non conosco tutti i motivi per cui voleva che tu morissi. Ma quello che so è che tu e Michelangelo siete diventati amici intimi e Jacky mi ha convinto che anche io potrei vendicarmi di qualcuno che sono cresciuto per odiare così tanto. Ma poi Quando ho capito quanto eri coinvolto nel suo piano, volevo che questo finisse. "

"Allora perché l'hai fatto? Perché non l'hai finito?"

"Perché Jacky è una persona molto potente e pericolosa, Leonardo. Mi ha minacciato. Ho visto le cose che avrebbe potuto farmi se non fossi stato d'accordo con lei."

Ora le cose stavano iniziando a diventare più chiare per lui.

Jane era una persona di cui si era innamorato, ma ora era nel suo passato.

Quella notte sarebbe sempre stata nella sua memoria, quando Jane cadde in acqua dallo yacht nel porto.

Si era ubriacata rabbiosa e stavano litigando.

Gli disse che sarebbe andato dalla festa alla sua camera d'albergo e che non avrebbe dovuto seguirlo.

Il giorno dopo è stato trovato il suo corpo.

Leonardo si sedette di nuovo accanto a lui sul letto e Bridget gli mise un braccio attorno alle spalle, questa volta per confortarlo nei suoi tristi ricordi.

"Eri innamorato di questa ragazza?"

"Sì. Era tutto per me. Sono stata molto ferita quando si è verificato l'incidente, ma non è stata colpa mia. Certo, sapevo che la sua famiglia aveva le proprie idee. Per mesi mi hanno minacciato, ma poi tutto si è fermato. Ho iniziato a ricostruire la mia vita e la mia carriera da allora in poi. E ora questa ".

Fidati di me, Leonardo, mi dispiace tanto.

"Aspetta. Se fossi tornato a Firenze quando avrei dovuto, allora ..."

5.

Una fitta nebbia si era posata sull'estuario nel freddo della mattina d'autunno.

Il rimorchiatore si diresse verso il centro del fiume e poi i motori si fermarono.

Potevi sentire il suono di piccole onde che colpivano lo scafo quando Leonardo si spostava a poppa e guardava fuori dal lato.

Nelle sue mani guantate c'era la busta.

Lo guardò un'ultima volta e poi lo lasciò cadere nell'acqua fredda, guardandolo inizialmente galleggiare e poi scomparire alla vista quando affondò nel fiume oscuro.

Bridget era in piedi dietro di lui e lui girò la testa verso di lei.

"Esatto. In questo modo non può fare alcun male ora", ha detto.

Lo abbracciò, stringendogli forte il braccio ed emettendo un sospiro di sollievo.

Le toccò la mano e la baciò delicatamente sulla testa.

Questo era l'unico modo in cui potevano pensare di sbarazzarsi della bomba delle lettere.

Leonardo si rivolse al pilota per tornare in porto.

La nebbia cominciò a sollevarsi leggermente mentre l'aria del mattino riscaldava la stanza e emerse il bagliore arancione dell'alba.

Si sedettero entrambi sulla canna arrotolata.

Bridget le unì il braccio, rannicchiandosi non solo per il caldo ma anche per affetto mentre la barca, al rallentatore, proseguiva la sua rotta.

La guardò e sollevò il mento per incontrare i suoi occhi.

"Adoro i tuoi occhi. Hai meravigliosi occhi blu che parlano da soli", ha detto.

Lei gli sorrise mentre li guardava.

"Sto affogando in loro."

Rise, quasi con una risatina, trovando il suo commento abbastanza divertente.

"Scommetto che lo dici a ogni ragazza che incontri."

"No, non tutti. Solo quelli i cui occhi sono belli come i tuoi."

"Oh. E quanti begli occhi come il mio hai incontrato finora?" lei chiese.

"Innumerevoli. Ma davvero, i tuoi sono i più belli finora."

"E dici che parlano da soli? E cosa ti stanno dicendo?"

"Mi stanno dicendo che sono l'uomo più fortunato del momento."

Il suo sorriso si calmò un po'.

Aveva scoperto il significato di ciò che lui voleva dire ed aveva ragione a dirlo, perché era fortunata ad essere dove si trovava ora piuttosto che tornare a Firenze quando inizialmente lo aveva pianificato.

"So che in fondo non mi perdonerai mai per aver giocato con te. Per aver mentito. Non ho fatto nulla per impedirti di tornare a Firenze ..."

Le premette due dita contro le labbra per impedirle di continuare.

"Silenzio. Hai fatto qualcosa. Mi hai costretto a restare solo per quello che sei. Non potevo andarmene senza rivederti."

Tuttavia, dubitava che avesse ragione e si sentiva così in colpa dentro.

Per placare il momento, sorrise di nuovo e allungò la mano per incontrare il suo bacio.

"Sei mai stato in un tuffo?"

Gli chiese, dopo che si separarono le labbra.

"Che diavolo è uno splash?"

"Beh, allora, ovviamente, non ci sei mai stato."

"Ma ho la sensazione che mi porterai da uno, giusto?"

Bridget annuì con un sorriso malizioso.

Il pilota del rimorchiatore accettò il suo pagamento per il viaggio privato e i due amanti sbarcarono e salirono sulla macchina in attesa.

Quindi Bridget realizzò qualcosa per cui non si era mai innamorata prima.

L'autista era lo stesso uomo che li portava in discoteca e le parole di Jacky gli risuonavano nella testa.

"L'autista lavora per me."

"Allora dove adesso?" Chiese Leonardo.

Bridget fissò dal sedile posteriore lo specchietto retrovisore del conducente, guardandolo.

Era inorridita quando notò che l'autista ne era consapevole.

"Bridget? Stai bene? Sembra che tu abbia visto un fantasma o qualcosa del genere."

"No! Sto bene. Penso che dovremmo tornare nel mio appartamento per ora."

"Per me va bene. Lo splash verrà dopo, forse?"

"Ovviamente."

* * *

Durante la corsa attraverso il traffico mattutino, l'autista continuava a guardarla di tanto in tanto, usando il suo specchio, e Bridget poteva sentire i loro sguardi.

Leonardo non era a conoscenza di ciò che stava accadendo, ma ora era chiaro che c'era un senso di pericolo.

Jacky e quelli che lavoravano per lei erano capaci di tutto.

"Driver? Non è così che siamo venuti qui." Disse Leonardo

"È una deviazione, signore, per sfuggire al traffico intenso", rispose l'autista.

"Scusa, ma sono uno sconosciuto in questa città, perdona la mia intrusione."

"Va bene, signore, nessun problema."

Bridget strinse forte la mano di Leonardo.

"Che succede?" Chiese Leonardo.

Lo guardò solo con un'espressione preoccupata, aggrappandosi ancora più forte.

"Dimmi?"

"Forse la signora non si sente bene, signore?" chiese l'autista.

"Bridget, ti senti male?"

Improvvisamente, la macchina iniziò ad accelerare lungo una strada di accesso che conduceva a un'autostrada che portava fuori città.

"Calmati e ti porto a casa in pochissimo tempo" spiegò l'autista.

Leonardo iniziò a rendersi conto che qualcosa non andava.

"Aspetta. Dove ci sta portando?"

"A casa."

"Non è questo il modo di raggiungere l'appartamento della signorina Baldwin."

"Ho detto che era casa sua, signore?"

"Girati adesso!"

"Facile", rispose l'autista, ora guardando Bridget esattamente nello specchietto retrovisore con un sorriso malvagio in faccia.

Chiuse gli occhi quando sentì il panico colpirla, ma lottò contro di essa, doveva essere forte, ancora una volta aveva compromesso non solo la vita di Leonardo, ma anche la sua.

"Non preoccuparti tesoro, lo aggiusterò appena posso." Lo assicurò Leonardo.

Il viaggio li portò in campagna e in una casa arretrata su una tranquilla strada di campagna.

L'auto si trasformò in un vialetto attraverso le porte aperte e, mentre passavano, le porte si chiusero automaticamente dietro di loro.

"Di chi è questo?"

"Qui vive Jacky." Rispose Bridget.

* * *

La casa era grande e si estendeva su un livello.

L'auto si fermò all'ingresso principale.

C'erano altre macchine parcheggiate nelle vicinanze di ogni tipo, tra cui una Lamborghini verde distintiva.

L'autista aprì le porte e Leonardo balzò in piedi per affrontarlo, ma si ritrovò bloccato da due uomini in abito scuro che sembravano apparire dal nulla.

Ognuno lo teneva per una delle sue braccia.

"Lasciami andare!"

"Oh, per favore, non fare storie."

Jacky uscì di casa dalla porta principale e si diresse verso Leonardo.

"Lascia perdere, ragazzi."

"La cameriera. Quindi ci incontriamo di nuovo."

"Senti, sono una cameriera tanto quanto lei è un chirurgo neurologico. Ma non parliamone adesso. Benvenuto nella mia umile dimora, signor Biscas, ti stavo aspettando di nuovo."

Bridget sedeva in macchina.

L'autista si appoggiò alla porta, aspettando che uscisse.

"Resterai lì tutto il giorno?" Chiedo.

Lei lo guardò e poi se ne andò rapidamente, sbattendo la porta.

"Leonardo, mi dispiace che sia dovuto succedere."

"Non preoccuparti, Bridget, sembra che Jacky sia molto determinato ad avermi come ospite." Guardò Jacky e gli sorrise. "Spero che siamo i benvenuti."

"Certo. C'è un po 'di affari incompiuti a cui occuparsi. Per favore, entra."

All'interno della casa sembrava enorme.

Seguirono la padrona di casa in un salotto decorato con dipinti erotici appesi alle pareti e una grande finestra che si estendeva da una parete all'altra e si affacciava su un prato che sembrava durare per sempre.

Il sole del mattino entrò nella stanza rendendola ariosa e luminosa.

"Per favore, sentiti a casa. Thomas raccoglierà i tuoi cappotti."

Thomas, il servitore nano, attese che Leonardo e Bridget si togliessero i cappotti, quindi lasciò la stanza con loro su un braccio.

Leonardo osservò l'omino che lottava un po 'per chiudere la porta alle sue spalle.

"Hai uno strano modo di invitare i tuoi ospiti."

"Mi dispiace per quello. Ma era l'unico modo in cui sapevo che potevi essere qui. Ti dispiacerebbe un rinfresco? Forse un po 'di colazione?"

"No grazie, abbiamo già mangiato." Rispose Bridget.

"Hai una casa molto bella, Jacky." Le disse Leonardo.

"Sì, lo è. È un peccato che tu non sia potuto venire a vederla dodici anni fa." Rispose Jacky.

"Oh sì, sono stato invitato da Jane, ma avevo altre cose da fare."

"Perché siamo qui, Jacky?" Chiese Bridget, interrompendo la conversazione per evitare ulteriori falsi equivoci che potrebbero iniziare a riaffiorare.

"Beh, ho pensato che un po 'di divertimento potesse essere rilevante."

"Quello che vuoi dire è che vuoi uccidermi?" Disse Leonardo.

Ora si era adattato al fatto che erano stati entrambi rapiti.

"Ho detto questo?" Chiese Jacky. "Hai davvero un'opinione molto bassa di me, Leonardo. Sono molto deluso da te."

"Sa della lettera bomba, Jacky." Spiegò Bridget.

"E gli hai detto tutto del nostro piccolo piano, immagino."

"Tutto quello che dovevo sapere."

"Sai, sarebbe stato un buon piano se potessi farlo da solo. Ed è un peccato che non sia mai successo. E Bridget, tu eri l'anello più debole."

"Quindi hai intenzione di divertirti con noi?" Chiese Leonardo. "Come l'altra notte?"

"Ti è piaciuto."

"Forse l'ho fatto. Adoro le carezze di una bella donna, in particolare una che mi fa finire come te. E dalla sensazione delle tue dita, ho anche potuto notare che anche a te piaceva. La tua mano tremava, forse con il Vorrei che il nostro gioco andasse oltre. "

Jacky sorrise e si avvicinò a Leonardo.

Fece scorrere il dito sulla sua coscia e si fermò all'inguine.

"Adoro quando faccio venire un uomo. Mi dà un senso di controllo e dominio su di lui."

"Come qualcun altro che una volta conoscevo." Rispose Leonardo sorridendo.

"Sì. Ma quell'altra persona ha scritto nel suo diario delle cose che gli hai fatto."

"Voleva quelle cose. Sicuramente puoi capirlo."

"Di cosa state parlando voi due?" Chiese Bridget. Si sentiva esclusa dalla conversazione e voleva essere consapevole della situazione che si stava svolgendo.

Jane e Leonardo. Rispose Jacky.

"Che cosa?"

"I nostri piccoli giochi privati". Rispose Leonardo.

Lui e Jacky rimasero intrappolati negli occhi come se stessero comunicando con le menti che si escludevano a vicenda, ma erano semplicemente bloccati in uno stato di auto-miglioramento verbale, aspettandosi a vicenda per fare un altro commento.

"Ho letto gli ultimi articoli nel suo diario." Spiegò Jacky. "Qual è stata la discussione la notte in cui l'hai spinta oltre il bordo dello yacht?"

"Non l'ho spinta. Ha lasciato la festa per tornare a terra nella nostra camera d'albergo. Poi, per qualche motivo, è rimasta, era ubriaca e si è sporta sulla ringhiera dello yacht."

"Questo è ciò in cui vuoi che crediamo."

"Questa è la verità. E comunque, ciò che ha scritto nel suo diario sarà pura fantasia. Come te, Jacky, aveva un'immaginazione molto selvaggia."

"Aspettare!" Bridget alzò la mano e li interruppe. "Possiamo raggiungere un accordo qui? Dimenticare il passato e l'intero piano? Smetteremo di pensarci."

"È questo che vuoi?" Chiese Jacky ridendo.

"Sì. Era tutto folle e penso anche che questo stia sfuggendo di mano."

"Sono d'accordo." Rispose Leonardo.

"Non io. Hai già perdonato Angel?"

"Ero stupido." Rispose Bridget. "Stavo esagerando. E inoltre, nessuno è stato ancora ferito."

"Ok, lasciamo perdere la questione allora. Ma devo ancora fare qualcosa."

Jacky suonò una piccola campana di bronzo quattro volte e Thomas tornò.

"Sì signora?"

Si inchinò e si fermò accanto alla sua padrona.

L'ampio sorriso era riapparso di nuovo sul suo viso, quello con cui Bridget aveva già preso confidenza.

C'era qualcosa di cattivo in Thomas, quindi gli piaceva sempre far parte dei piccoli giochi di Jacky.

"Hai già preparato la stanza speciale?"

"Lei è pronta."

"Bene. Quindi penso che sia ora di divertirsi. Mi seguirete entrambi per favore?"

Leonardo guardò Bridget con uno sguardo interrogativo.

Scosse la testa in risposta ed entrambi seguirono la loro padrona di casa e la cameriera fuori dalla stanza.

Li condusse giù per le scale che conducevano al seminterrato e poi in un'altra stanza.

All'interno, la stanza era decorata come una prigione.

C'erano grilli appesi alle fredde pareti di pietra grigia, una gabbia abbastanza grande per due persone e un tavolo operatorio in acciaio inossidabile dotato di staffe a un'estremità.

Lungo una parete c'erano armadietti con fruste, catene e vari altri strumenti di dolore e piacere.

OMG, mi sarei aspettato questo. Mormorò Leonardo.

"Impressionato?" Chiese Jacky sorridendo.

"Lui dovrebbe essere?"

Questa non era una novità per Bridget.

In effetti, ebbe l'idea di portare Leonardo in un sito un po 'simile, anche se forse non così ostile o freddo come questo.

Era un posto che le sue amiche avevano per piacere privato; colpire e frustare.

Ma questo era un po 'più scoraggiante, più scandaloso.

Prima aveva visto solo altri indulgere in simili atti.

La proposta che gli avrei fatto era di sperimentare un po 'con questo. Nient'altro.

"Jane adorava questa stanza. Ne sei sorpresa, Leonardo?" Chiese Jacky.

"Non proprio."

"Quando questa casa fu costruita per noi, aveva questa stanza pronta per i suoi amici. Poi, naturalmente, ti ha incontrato, Leonardo." La sua voce tendeva a risuonare sulle pareti mentre parlava, camminando intorno a Leonardo come se lo soppesasse. "Poi ho scoperto le cose che stava facendo qui. I suoi giochi. Presto mi sono reso conto che mia sorella era un po 'strana nei suoi gusti sessuali. Ho pensato che avrei potuto provarli anche io da piccola. E così provo il tipo di piacere. che mi è piaciuto. "

"E?" Chiese Leonardo.

"Divertirsi".

Jacky si sedette su uno sgabello e si avvicinò a una delle catene.

Prese il braccialetto in mano, sentendo il freddo metallo tra le dita.

"Ho imparato a godermi il piacere che si può ottenere dal dolore e dalla tortura".

"Qualcuno può spiegare perché siamo qui?" Chiese Bridget.

"Certo. Lascerò che entrambi condividano quel piacere." Jacky si avvicinò a Bridget e si passò delicatamente una mano tra i capelli. "Non ti avevo promesso che Bridget ti avrebbe mostrato alcune cose? Penso che tu sia pronto. Sei sicuro che tu e Leonardo abbiate fatto sesso insieme?"

"Sì." Rispose Bridget.

I suoi occhi guardarono Leonardo mentre fissava Jacky mentre scioglieva i bottoni d'argento, uno ad uno, dalla tracolla del vestito di Bridget.

"Cosa stai facendo?"

"Ti sto preparando."

Jacky continuò sull'altro cinturino fino a quando la parte anteriore e posteriore del vestito si staccarono, mettendo in mostra il reggiseno di pizzo nero di Bridget.

E un leggero strattone mandò il vestito alle caviglie.

Leonardo continuava a guardare mentre Bridget rimaneva in mutande.

Perizoma nero e calze sostenute da un reggicalze che completa la morbidezza della sua pelle rosa, quasi impeccabile.

"Ti ho mai detto Bridget, mi rendi molto eccitato?" Chiese Jacky.

La sua voce ora era quasi un sussurro mentre fissava gli occhi blu di Bridget, che conteneva una certa paura all'interno.

Bridget guardò Leonardo, chiedendosi se avrebbe intenzione di fermarlo quando Jacky si allentò il reggiseno dalla parte anteriore e lasciò liberi i seni.

"Che bel seno hai Bridget. Ti amo."

Jacky prese delicatamente le sue tette e le tenne; facendo scorrere delicatamente i pollici su ogni capezzolo e guardandoli raggiungere la massima erezione.

Bridget chiuse gli occhi e sentì le mani fredde di Jacky.

Non era mai stata toccata in quel modo da un'altra donna prima e in qualche modo la sensazione era strana ma piacevole.

"Non preoccuparti, non ti farò del male. Sto solo giocando con te."

"Perché stai facendo questo?"

"Perché te l'ho promesso. Non ricordi?"

Jacky si girò a guardare Leonardo e gli rise.

"Guardalo? Ama guardare. Scommetto che il suo cazzo è duro adesso, che vuole sentirsi sollevato. Sapevi che Leonardo amava guardare e che lo succhiava allo stesso tempo?"

"Già per questo." Rispose Leonardo.

"Perché dovrei farlo?"

"Bridget, adesso mi dirai che non vuoi che vada oltre?" Chiedo.

"E se dicessi di no?" Bridget ha risposto con le dimissioni. "Che cosa hai intenzione di fare per impedire che ciò che desideri accada?"

6.

Bridget affrontò la liscia parete grigia.

Il braccialetto di metallo della catena si chiuse sul suo polso mentre Leonardo si tirava indietro, passandole una mano sulle natiche nude.

"Prometto che non ti legherò forte", disse.

Si fidava di lui, ma allo stesso tempo non riusciva a credere fino a che punto si spingesse.

Quando si girò, Jacky gli puntò una pistola.

"Aspetta! Adesso tocca a te, Leonardo. Spogliati."

"Non penso che ci sia bisogno di quella pistola."

"Beh, mi fa sentire più fiducioso che mi obbediranno." Jacky rispose premendo il grilletto.

"Non ti fidi di me, vero Jacky? Devi odiarmi molto.

"Non ti odio. Mi piace solo giocare con te" sorrise.

Leonardo iniziò lentamente a togliersi i vestiti mentre Jacky sedeva su uno sgabello a guardare.

Poteva vedere che non era abituata a usare un'arma nel modo in cui la teneva.

Sebbene fosse piccolo e leggero, sembrava pesante nella sua mano.

Lo vide spogliarsi, godendosi.

Bridget cercò di guardare indietro, con le braccia leggermente allentate, sospese alle catene.

"Non mi dispiace giocare ai tuoi giochi Jacky, ma questo è pazzesco", ha commentato.

"Non proprio. Non sei abituato al dominio, tutto qui."

"Una pistola? Questa non è dominazione. Questa è follia."

"Chiamiamolo un nuovo giocattolo. E più spaventoso, rende il gioco più interessante, non credi?"

Quando Leonardo era nudo, Jacky si alzò e gli si avvicinò.

Puntò la pistola sul petto e poi la fece scivolare sull'ombelico e poi in cima alla sua virilità, saltando e minacciando.

"Ora capisco perché a Jane piaci così tanto", gli disse. "Molto interessante è quello che hai laggiù."

"Sono così felice che ti piaccia." Leonardo sorrise.

Aveva paura dentro di sé, ma voleva nasconderlo, non per mostrare a Jacky che aveva assolutamente il controllo.

Ma era un'esperta quando si tratta di paura e di come gli uomini si sforzano di essere coraggiosi sotto tale pressione.

Per lei faceva parte del gioco.

"Vedi quella frusta nell'armadietto laggiù?"

Leonardo alzò lo sguardo e vide una frusta di cuoio rossa appesa a una maniglia a gancio nell'armadio aperto.

Aveva molte code che strisciavano da quasi un metro di lunghezza.

"Farlo uscire."

Si diresse verso l'armadio e lo tirò fuori, e facendo scorrere le code tra le dita si rese conto di cosa significasse.

"Ti senti bene, vero Leonardo?" Chiese Jacky.

"Se lo fa".

"Jane l'ha adorato, vero?"

"Lo voleva. Mi ha implorato di farlo."

"No. Ti ha pregato di smettere, ma non hai fatto quella particolare notte, vero? Invece, hai continuato a colpirla e a colpirla fino a quando la sua schiena ha iniziato a sanguinare. L'hai portata oltre i limiti."

"Non è vero, Jacky," replicò, voltandosi verso di lei e notando l'angoscia nei suoi occhi.

"Voleva sempre di più. Mi ha costretto a farlo. Ha detto che mi avrebbe lasciato se non l'avessi fatto. L'amavo così tanto che non potevo sopportare che ciò accadesse. Così ho continuato fino a quando è svenuta."

"Non è quello che mette nel suo ultimo post."

"Te l'ho detto. Nel suo diario non ha scritto altro che fantasie."

"Quindi di cosa avete discusso voi due?" Jacky gli stava vicino, chiedendo.

"Non si trattava di questo. Si trattava delle sue nuove idee e che non potevo accettare."

"Quali idee?"

"Voleva condividermi con un altro uomo oltre a me. E non volevo condividerla con nessun altro."

"Seguire..."

Leonardo iniziò a raccontare la sua storia:

"Siamo arrivati alla festa sullo yacht e abbiamo iniziato a socializzare con gli altri ospiti. Il vestito che indossava nascondeva quei terribili dossi sulla schiena, ma c'era ancora una scia di sangue che filtrava attraverso i vestiti. Le ho detto che la festa era finita. E 'stata una cattiva idea e dovremmo tornare in hotel. Lei non è d'accordo e ha iniziato a parlare con quest'uomo che avevamo incontrato al festival qualche giorno prima. Li ho visti entrambi. Hanno trovato un posto tranquillo lontano dalla folla e lui ha iniziato. per giocare intimamente. Ha notato le macchie di sangue scuro attraverso i vestiti e ovviamente me lo ha chiesto. Poi li ho visti guardarmi e mentre entrambi sorridevano, sussurrando. Ho immaginato di cosa stessero parlando. "

Bridget ascoltò attentamente.

E ora sapeva anche cosa aveva pianificato Jacky per lei e Leonardo in quella prigione.

Leonardo ha continuato:

A poco a poco, e mentre la notte andava avanti, Jane si ubriacava, l'uomo era ancora con lei, poi tornò da me e disse che lo aveva invitato a tornare nella nostra camera d'albergo più tardi per divertimento. Questa volta voleva qualcosa più che dolore. Voleva che entrambi la scopassimo allo stesso tempo. "

Jacky lo guardò.

La sua faccia era triste per i ricordi.

"E ovviamente gli hai detto di no?"

"Sì. Le ho detto che l'idea era pazza e lei ha detto che se ne sarebbe andata. Sapevo che se fosse andata da sola, avrebbe potuto tenere d'occhio quest'uomo. Assicurati che almeno non la seguisse."

"Quindi quando se n'è andata ...?"

"Nessuno sapeva che era ancora lì, a passeggiare sul ponte in attesa del suo taxi. Fu allora che accadde e nessuno seppe finché non feci ritorno in albergo e trovai la nostra stanza vuota. Pensavo che alla fine avesse incontrato l'altra persona, quindi no Non pensai più a nulla. Poi al mattino ... "

"Non ti credo ancora."

Leonardo fece un respiro profondo e la guardò.

"Non me l'aspettavo."

"Quindi, è tempo per te di rivivere quella notte. I momenti nella stanza d'albergo prima della festa." Jacky si voltò a guardare Bridget. "Eccola. La donna che ami così tanto da ferire e torturare."

"No! Bridget è diversa."

"Davvero? Va ancora meglio. Mi fa piacere vederti punire."

Bridget iniziò a combattere le catene, ma le manette erano chiuse attorno ai suoi polsi.

"Non puoi farmi fare questo, Jacky!" lei ha urlato. "Per favore, non costringerlo a farlo, per favore."

Le loro urla echeggiavano disperatamente intorno alle pareti del sotterraneo.

"Non ho intenzione di farlo." Rispose Leonardo.

Jacky lo guardò e poi puntò la pistola in faccia.

"Sì, lo farai. È un dono per entrambi. È un dono per la loro vita."

"Hai intenzione di ucciderci entrambi se rifiuto?"

"Non avrei problemi con questo."

"E quanto vuoi che vada, Jacky?"

"Fino alla fine".

Leonardo si avvicinò al muro dove catturò Bridget.

Poteva sentirla piangere, piena di paura per il dolore che già aveva previsto e l'orrore che Leonardo le avrebbe somministrato.

Poi si rese conto, rendendosi conto dentro di sé, che forse se lo meritava per aver pianificato di uccidere lui e Angel, e poi il suo pianto cessò.

"Ti amo, Leonardo," mormorò lei, il viso contro il muro, macchiandolo con le sue lacrime. "E ti perdonerò."

"Non posso farti del male intenzionalmente, Bridget. Lo capisci?"

"Sì. Ma forse me lo merito. Ecco perché ti perdonerò."

"No. Non te lo meriti." Le sue dita tracciarono la linea della sua spina dorsale. "Questa non è la tua cosa, ma io sono debole." Si voltò e guardò Jacky, seduto e ancora puntando la pistola verso di lui, con un sorriso sul volto. "Debole perché sono costretto a farlo."

Indietreggiò, a metà strada tra Jacky e Bridget, con la frusta in mano.

Quindi si fece da parte e sentì il suo peso, stimando l'altalena di cui avrebbe bisogno per fare il primo colpo.

Guardò verso la porta e alzò lentamente il braccio.

"Vedo che sei già un esperto di frusta. Va bene, potrebbe essere divertente." Commentò Jacky.

Aveva un'espressione di concentrazione sul suo viso e lei guardò Jacky con la coda dell'occhio.

La frusta volò in aria.

Non contro Bridget, ma verso Jacky.

Le code si avvolse istantaneamente intorno al collo in una presa a spirale, sorprendendola.

La pistola cadde a terra e Leonardo allungò la mano per raccoglierla mentre Jacky cadeva dallo sgabello.

"Bastardo!"

Jacky ansimò.

Le code della frusta si erano arricciate così forte che quasi gli limitava il respiro.

Leonardo si alzò e la indicò, tenendola con entrambe le mani.

"Come ti senti adesso?" Chiedo.

"Vaffanculo!" Lei rispose, districando le code.

Gli avevano lasciato segni rossi attorno al collo, doloranti, ma senza segni di pelle graffiata.

Si sedette e le gettò via la frusta.

"No, Jacky. Forse dovrei essere io quello a fotterti adesso. La porta è chiusa e nessuno può sentire niente fuori o sopra di noi."

"Leonardo! Per favore, non farlo!" Bridget urlò.

"Non uscirai mai vivo." Avvertì Jacky. "Fai quello che vuoi, ma sarà l'ultimo. Per entrambi."

Fece un passo indietro, verso Bridget, e aprì una delle manette per liberarla, in modo che lei potesse rimuovere l'altra da sola.

"Fammi un favore." Bridget si massaggiò i polsi e lo guardò. "Vai di sopra e chiedi a Thomas di unirsi a noi."

"No perchè dovrei?"

"Dobbiamo uscire di qui."

"Non gli farai del male, vero?"

"Cercherò di non farlo."

Bridget corse alla porta e l'aprì.

Era completamente nuda, ma non le importava più.

Corse su per le scale e trovò aperta la porta del soggiorno.

Tommaso! lei ha chiamato.

Stava aspettando.

Una pistola in mano le puntò contro e quel sorriso distintivo sul suo viso.

Notò la televisione e mostrò la visione della prigione.

Thomas lo stava guardando nel comfort di una poltrona.

7.

Thomas mise la pistola sul tavolo basso e guardò Bridget in piedi davanti a lui.

"Non ti preoccupare, signorina Bridget, non è carica", ha detto.

I suoi occhi scrutavano ogni centimetro del suo corpo nudo con ammirazione.

"Ci guardavi?"

"Sì. E le riprese. Alla signora piace registrare tutto. Ci sono telecamere nascoste ovunque in questa casa."

"Devi aiutarci a uscire di qui."

"Mi dispiace signorina Bridget, ma sarai l'unico che se ne andrà."

"Cosa intendi?"

Thomas sorrise e i suoi occhi si posarono su qualcuno dietro di lei.

Si voltò, ma solo per avvertire un forte dolore alla natica che sembrava bruciare come il fuoco e il volto di una delle guardie del corpo che guardava da dietro con i suoi penetranti occhi blu.

"Di..."

"Sogni d'oro signorina Bridget ... sogni d'oro."

La voce di Thomas sembrò risuonare nella stanza, intorno alla sua testa mentre il viso della guardia del corpo si contorceva nel suo campo visivo.

Un senso di calma la inondò e all'improvviso tutto intorno a lei sembrò fondersi in una nebbia grigia e in un piacevole silenzio.

* * *

La limousine si diresse lentamente verso il vicolo.

L'oscurità della notte ha costretto il conducente a illuminare la strada con i grandi fari accesi, poi si è fermato alla fine.

Dalla parte posteriore della macchina emersero due figure robuste che trasportavano un corpo inerte che poi sistemarono delicatamente in un mucchio di sacchetti di immondizia di plastica.

Il corpo affondò dentro di loro, quasi scomparendo quando le borse si chiusero attorno a lui, sotto il suo peso.

Le figure fecero un passo indietro e, silenziosamente come erano andate via, tornarono alla macchina.

Indietreggiò lungo il vicolo e si allontanò.

***

L'alba ha diffuso la sua luce in tutta la città.

Il bidone della spazzatura camminava lungo il vicolo controllando i bagagli che dovevano essere trasferiti sul veicolo che stava aspettando all'inizio del vicolo, sulla strada.

Si avvicinò ai sacchi della spazzatura e li diede un calcio, controllandone il peso, ma un braccio magro cadde inerte verso di lui.

Merda! esclamò lei.

Guardando più da vicino scoprì che il braccio apparteneva a una donna.

Indossava una giacca e i suoi lunghi capelli castani gli coprivano gran parte del viso.

Con la mano guantata, si tirò indietro i capelli e la guardò.

"Oh ragazzi! Aiutatemi!" l'urlo.

***

Bridget aprì gli occhi.

Il verde pallido del soffitto fu la prima cosa che vide quando i suoi occhi si focalizzarono, seguito dal suono di un bip costante che doveva essere il battito del suo cuore.

Si ritrovò sdraiata su un materasso e non provò alcun dolore immediato, ma c'era un sentimento interno di paura e incoscienza che iniziò a emergere quando il resto dei suoi sensi iniziò a risvegliarsi.

"Dove sono? Qualcuno mi aiuti."

"Va bene."

Era la voce di una persona che le si avvicinava e poi vide il volto di qualcuno che la guardava con un sorriso.

La forma familiare del berretto bianco delle infermiere gli dava un po 'di sicurezza.

"Stai calmo, tesoro, va tutto bene."

"Dove sono?"

"Sei al sicuro. Cerca di stare calmo, va tutto bene." L'infermiera passò le dita sul viso di Bridget. "Sei al City Hospital e andrà tutto bene."

"Leonardo? Dov'è Leonardo?"

"Manderò dal dottore. Per favore, stai calmo."

* * *

Bridget giaceva sul letto d'ospedale a guardare il dottore.

Il suo aspetto maturo ma bello la faceva sentire al sicuro almeno quando lo stetoscopio le toccava il petto.

L'infermiera era dietro di lui e gli inviava un sorriso rassicurante, dicendogli che tutto andava bene e in ordine.

Osservò i suoi seni sodi e i capezzoli eretti mentre si sporgeva all'indietro, quindi lentamente chiuse i suoi vestiti per coprirli.

"Andrà bene signorina. Tutto sembra essere normale."

"Ma ancora non ricordo come sono arrivato qui", gli disse.

"Tutto ti tornerà in tempo. Tutto ciò che devi fare ora è riposare."

"Ricordo il nome di una persona, tutto qui. Non so nemmeno il mio nome."

"Il nome di quella persona sarebbe Leonardo?"

"Sì. Ma non so esattamente chi sia. Tutto quello che vedo nella mia mente è la sua faccia e il suo nome, ma nient'altro."

"Come ho detto ..." mise la mano delicatamente sulla sua, "... tutto ciò tornerà da te. Riposati per ora e concediti del tempo."

Il dottore gli sorrise e si alzò in piedi.

Il suo alto corpo si sollevò sopra di lei e persino quello della piccola infermiera accanto a lui.

"Abbiamo verificato altre cose che avrebbero potuto accadergli. Almeno, sembra che non sia stato aggredito sessualmente, il che dovrebbe essere un sollievo per te."

"Sì. Ma ricordare come sono arrivato qui in primo luogo mi aiuterebbe anche."

"Beh, penso di poter far luce su questo", ha continuato l'infermiera. "Anche se era quasi nuda quando ti hanno trovato nel vicolo, il cappotto che indossava era un'etichetta di design molto costosa. E aveva il suo nome cucito all'interno."

"Il mio nome?"

"Non ricordo se chi dovrebbe essere Bridget Baldwin come te, ma quello era il nome all'interno del cappotto. Una top model, se ricordo bene?"

La menzione del nome Bridget gli dava una calda sensazione nel profondo.

Nonostante fosse il suo nome, la sua memoria non lo riconosceva come tale, anche se il suo suono sembrava scatenare qualcosa nella sua più profonda coscienza.

"Hai un visitatore, signorina" spiegò l'infermiera. "Ispettore di polizia Robert Harris. Ma ti consiglio di parlargli solo se ti senti abbastanza bene."

"Esatto", rispose il dottore. "Deve riposare. Può parlarti più tardi."

"Non." Bridget si sistemò per sedersi. "Voglio vederlo ora".

"OK. Ma chiedigli di andarsene se è troppo stressante per lui, ok?"

"Non preoccuparti, lo farò."

I dottori se ne andarono e per un breve momento, Bridget iniziò a vedere le immagini scorrere nella sua mente.

I ricordi si stavano svegliando dentro di lei come vedere il viso di Leonardo che la guardava mentre inseriva il suo membro dentro di lei.

Lo sentiva come se fosse così reale.

Quindi le immagini sbiadirono di nuovo tanto velocemente quanto vennero quando si aprì la porta della sua camera.

"Oh mio Dio! Non ci posso credere", disse l'uomo di mezza età mentre la fissava. "Sono Bobby Harris." Alzò il suo distintivo confermando chi fosse, anche se troppo lontano perché lei potesse vederlo chiaramente. "Sei la signorina Baldwin. Lo sapevo."

Harris prese una sedia e si sedette accanto al letto.

Bridget lo guardò, giocando con le sue parole nella sua mente; "Sei la signorina Baldwin."

Il suo viso si illuminò di un sorriso mentre estraeva un blocco note dalla tasca della giacca e sfogliava le pagine.

"Scusa? Hai detto che ero ...?"

"Esatto. Sei Bridget Baldwin. La top model."

"Veramente?"

"Puoi scommetterci. So che stai avendo qualche problema con la tua memoria in questo momento, ma il dottore ha detto che ti saresti gradualmente ripreso. Quindi ho pensato che venire qui per presentarmi fosse la cosa giusta da fare. Spero non ti dispiaccia, signorina."

"No, non mi dà fastidio".

La notizia della sua identità la stupì.

Iniziò ad assumere con i suoi pensieri chi fosse veramente.

E pensare a come una top model come lei, che indossa solo un cappotto e nient'altro, avrebbe potuto essere gettata in un vicolo.

"Solo per ricapitolare. Ricordi qualcosa?" Chiedo.

"Sì. Solo una persona."

"E chi potrebbe essere quella persona se posso chiedere?"

"Leonardo".

"Un uomo? Ricordi un uomo di nome Leonardo? Nient'altro?"

"Esatto. Nient'altro."

L'ispettore la guardò.

I suoi vestiti si erano leggermente separati mentre si alzava dal letto, rivelando la forma sinuosa del suo seno e il suo sguardo si posò su di loro.

"Non sai chi è quell'uomo?"

"No. Tutto quello che so è il suo nome e posso vedere la sua faccia guardarmi nella mia mente."

"Descrizione?"

"È bello ...".

Per un breve momento, i ricordi di lui che faceva l'amore le tornarono in mente.

"...lui è..."

"Sì?" chiese l'ispettore.

I suoi occhi guardarono più da vicino l'abito aperto.

Ora poteva vedere il leggero accenno del suo capezzolo, ma si rese subito conto che lo stava osservando mentre si stava riprendendo dalla sua memoria spontanea ed eccitante.

"Penso che sia qualcuno che conosco molto bene."

"Vedo." Sfogliò il taccuino e poi trovò quello che cercava. "Questa persona sarebbe Leonardo Biscas?"

"Forse. Non ne sono sicuro. Chi è?"

"Okay, signorina Bridget. Per ora la lascio a quello."

"Se ricordo di più, te lo farò sapere, ispettore."

"Bene. Un'ultima cosa prima che ti lascio riposare? Ricordi qualcuno di nome Michelangelo Andreotti?"

"No, scusa, non ricordo di aver mai sentito quel nome." Lei rispose.

"Va bene."

L'ispettore si alzò, gli mise una mano sulla spalla e lo ringraziò per la breve intervista.

Da dove si trovava, riuscì a vedere più seni sotto la veste parzialmente aperta.

Sorrise e commentò che sarebbe tornato presto.

Ma prima che chiudesse la porta alle sue spalle, gli chiese:

"Non puoi darmi alcune informazioni su di me? Devo sapere chi sono!"

"Mi dispiace, signorina Baldwin. Il dottore ha detto che si sarebbe ripresa meglio se non fosse stata troppo sorpresa. Non voglio cambiare le cose. La rivedrò molto presto."

8.

La rapida visita dell'ispettore lasciò Bridget a pensare intensamente.

Non c'era ancora nulla a cui aggrapparsi per recuperare la memoria perduta l'ultimo giorno.

E di notte, mentre dormiva, poteva solo sognare che Leonardo facesse l'amore con lui ancora e ancora.

L'infermiera entrò nella stanza e la guardò gemere e dimenarsi mentre dormiva, rivivendo ogni momento dell'evento chiaramente nella sua mente.

L'infermiera spazzolò delicatamente i capelli di Bridget così cominciò a calmarsi.

La sua lingua si leccò le labbra come se cercasse di baciare e accarezzare le labbra del suo amante dei sogni.

Poi si fermò ancora una volta, sussurrando ripetutamente il nome "Leonardo" fino a quando non svanì in un sogno silenzioso.

Il giorno successivo, Bridget fece un rilassante bagno con acqua e sapone, mentre si lavava con un guanto da bagno.

All'improvviso, ricordò qualcosa come se non venisse dal nulla.

"Leonardo?" sussurrò a se stessa.

Altre cose iniziarono a tornare da lei in rapida successione; Jacky e la casa, la prigione, il suo appartamento.

Uscì dalla vasca afferrando rapidamente la vestaglia.

"Infermiera!"

Si coprì con la vestaglia ed entrò nella sua stanza privata in preda al panico.

L'infermiera la fissò e la prese delicatamente per le braccia.

"Bridget? Cosa c'è che non va?"

"Mi sono ricordato tutto. Devo andarmene da qui, proprio ora!"

"Non è possibile. Devi ancora riposare."

"No! Adesso devo andare. Leonardo è in pericolo! Prendi i miei vestiti!"

"Il tuo agente non li ha ancora fatti entrare. Non fino a oggi pomeriggio."

"Allora trovamene un altro! Ho bisogno di vestiti adesso!"

Il dottore entrò e corse da Bridget.

Insieme, lui e l'infermiera la trattennero e la sistemarono sul letto.

"Signorina Baldwin, per favore, cerca di calmarti. Questo non è un bene per te."

"Ma devo uscire di qui. Leonardo è in pericolo, ha bisogno del mio aiuto."

"No, in questo momento, non può fare a meno. Deve rilassarsi."

Il dottore fece segno all'infermiera di cercare su un vassoio vicino al letto.

"Ti darò qualcosa che ti aiuterà a rilassarti."

"No, per favore, ora devo andare. Per favore, ti prego di lasciarmi andare."

L'infermiera eliminò l'ipodermico mentre il dottore teneva le braccia di Bridget.

Guardò mentre l'ago minaccioso le si avvicinava e piangeva.

"No! No, per favore non farmi questo!"

Quindi un forte dolore ha colpito la sua parte superiore del braccio quando l'infermiera ha somministrato il farmaco.

In pochi secondi, Bridget si era calmata.

Il suo corpo stanco giaceva sul letto mentre il dottore e l'infermiera la guardavano.

* * *

Le porte dell'ascensore si chiusero con un fischio quasi silenzioso.

L'ispettore Bobby era all'interno, mentre l'ascensore saliva, ascoltando musica jazz soffusa dagli altoparlanti e guardando le fotografie sulle tre pareti dell'ascensore delle modelle che erano passate attraverso l'agenzia.

Vide uno di Bridget e sorrise a se stesso.

Poi suonò un campanello e le porte si aprirono alla reception.

Un viaggio che aveva portato al tredicesimo piano.

"Buon pomeriggio, Calvin Arte Creativo, posso aiutarti?" chiese l'addetto alla reception.

Ha quasi cantato le parole come se fosse una canzone che aveva imparato.

Bobby prese il suo distintivo e guardò la piccola bionda.

Lei gli sorrise con le labbra rosse.

"Sono qui per vedere il signor Calvin. Ispettore Harris, polizia cittadina."

"Grazie, siediti, signore."

Annuì educatamente e si sedette in uno dei tanti posti vuoti e guardò i ritratti di varie dimensioni di modelli sulle pareti, alla ricerca di un po 'più di Bridget.

L'addetto alla reception lo guardava imbarazzato, cercando di non attirare troppa attenzione, ma Bobby aveva già notato che le sue gambe sottili e lisce sotto la scrivania stavano scomparendo oltre l'orlo di una gonna attillata.

Tentò di indovinare la sua età, ma era difficile poiché il trucco che indossava dava una falsa impressione.

Ci fu un ronzio.

"Il signor Calvin ti vedrà ora, puoi entrare."

Bobby si alzò e andò alla porta, bussando due volte prima di entrare.

L'addetto alla reception guardò da vicino e i due sorrisi si scambiarono.

Burt Calvin, seduto alla sua scrivania, stava parlando con qualcuno al telefono.

Il paesaggio urbano dietro di lui attraverso la grande finestra dell'ufficio indicava quanto fossero alti.

Calvin fece segno all'ispettore di sedersi con il dito agitato.

"No, non posso accettarlo e sai i motivi per cui."

Calvin parlava con arroganza al telefono.

"Non ho l'abitudine di buttare milioni di dollari nello scarico. Risolvilo!"

Riappese e guardò Bobby, poi si alzò e offrì la mano attraverso la scrivania.

Calvin era un uomo alto, almeno più alto di qualche centimetro di Bobby.

Benvenuto ispettore Harris. Bobby le strinse la mano, sentendo la sua forte presa. "Cosa posso fare per te? Posso offrirti qualcosa da bere?"

"No, sto bene. Ho appena pranzato. Questa è una delle tue modelle, signorina Baldwin."

"Oh sì, Bridget. Non riesco a capire cosa sia successo lì. La situazione è così misteriosa, non credi?"

"Abbastanza." Rispose Bobby. "Puoi capire perché la polizia stia indagando, immagino. Non capita tutti i giorni che una famosa top model venga trovata trovata in un vicolo." Calvin gli offrì una sigaretta da una scatola d'argento. "No grazie, sto cercando di smettere."

"Allora, come posso aiutarti?"

"Conosce molto bene Miss Baldwin, credo? Non solo come suo agente?"

"Sì. Ci conosciamo da un po 'di tempo. Ci penso molto. Mi sono sempre preso cura delle sue esigenze nel miglior modo possibile." Rispose Calvino.

"Per molto tempo?"

"Sì. Ci siamo conosciuti subito dopo la morte di suo padre. Su Internet, che ci crediate o no. Possedeva uno dei siti che visitava spesso e siamo diventati ottimi amici."

"L'ho già scoperto. L'hai scoperta anche tu come modella lì?"

"Davvero. Ma questo è irrilevante in questo caso. Come posso aiutarti?"

Bobby tirò fuori il quaderno e sfogliò le pagine.

"Quando è stata l'ultima volta che l'ha vista?" Le sue note sembravano disordinate mentre cercava tra di loro. "Oh sì, è stato cinque giorni fa, no? Ho una nota qui che dice che voi due avete litigato."

"Scusa, non ricordo di aver litigato con lei. Dove esattamente?"

"In un locale notturno, i Goblin. L'ho investigato stamattina. Siete ancora molto vicini?"

"Chiudi? Siamo amici, sì. Quella non è stata una discussione, ispettore. Semplicemente non eravamo d'accordo, come sembra che facciamo sempre. Lei non ha seguito il mio consiglio di non incontrare una certa persona. Devo prendermi cura dei loro interessi, così come il tuo benessere ".

"Ovviamente." Bobby sorrise. "Questa persona era un dirigente pubblicitario dall'Italia? Un certo signor Leonardo Biscas?"

"Sì. Non è una buona mossa per la sua carriera, secondo me. Ma lei idolatra quell'uomo e potrebbe esserci stato un certo interesse personale in quell'incontro."

"Hai mai incontrato Biscas?"

"In alcune occasioni, sì. In effetti, molti anni fa una delle mie modelle ha avuto uno sfortunato incidente. È morta. Leonardo Biscas la stava frequentando all'epoca ed era implicato nella sua morte." Calvin indicò un ritratto sul muro di una ragazza dai capelli scuri. Bobby alzò lo sguardo sull'immagine. "È stata una risorsa importante per noi. È stata una perdita triste e grande, come immagino capisce."

"Molto bene. Voglio dire, la ragazza era molto carina. Sarebbe Jane Carrington?"

"Sì. Ti ricordi di lei?"

"Non." Rispose Bobby. "D'altra parte, mi sembrano tutti uguali. Non ho mai seguito l'industria della moda fino ad ora. Raccolgo tutte queste riviste e sembrano solo manichini dal vivo." Bobby tossì, notando che Calvin non era molto colpito dal suo commento.

"Posso chiederti una cosa, ispettore? Hai idea di come sei entrato in quel vicolo?" Chiese Calvin, permettendo un cambio di argomento.

"Non ancora. Ma alla fine lo farò."

"Pensi che Leonardo Biscas abbia avuto a che fare con questo?"

"Interessante che lo menziono. Pensi che avrei potuto averlo?"

"Perché dovrei?"

"Ho pensato che potrebbe esserci qualche motivo per ..."

"No. Era solo una linea di pensiero." Calvin rispose rapidamente.

Bobby annuì e sorrise.

"Da qui hai una bella vista sulle montagne. Adoro la vista. Hai scelto deliberatamente questo spazio ufficio a causa della vista?"

"Non proprio. C'è qualcos'altro che posso aiutarti?"

"Sei venuto a prendere la signorina Baldwin stasera all'ospedale?"

"Sì. Sta meglio con me e ho fatto in modo che riposasse a casa mia. Il dottore mi ha detto che sta recuperando la sua memoria. Sfortunatamente, al momento è un po 'frustrata. Confusa. Anche la sua immaginazione le sta giocando brutti scherzi, ma mi hanno assicurato che è quello che succede di solito quando le persone superano l'amnesia ".

"Certo. Il pentatolo di sodio ha questo effetto."

"Se lo fa".

"Bene. Apprezzo il tuo tempo, signor Calvin."

Bobby si alzò e si chinò per stringere di nuovo la mano.

Calvin rimase seduto e lo strinse più forte questa volta.

"Ti contatterò presto."

"Sempre pronto ad aiutare a far luce su questa insolita situazione."

"Lo spero, signor Calvin. È una situazione molto insolita."

* * *

Bobby tornò nel suo ufficio nella sede principale della polizia cittadina.

Una scrivania, una sedia, due schedari e un terminale per computer erano tutto ciò che aveva in un cubicolo diviso.

Voleva fumare una sigaretta, voleva mentre guardava un pacchetto sopra uno degli armadietti, ma una voce disse: "Non osare!"

Bobby si voltò e vide il suo partner, un giovane ufficiale dell'intelligence assegnatogli negli ultimi sei mesi, con l'opportunità di dimostrare il suo valore di investigatore.

"Accidenti! Sono passate quasi sei ore." Rispose Bobby.

"Tua moglie non mi ringrazierà se te lo lascio fare", ha aggiunto il giovane ufficiale. "Inoltre, dici che sono passate sei ore. Ma chissà, avresti potuto fumare un intero pacchetto mentre eri via."

"Carl, devi imparare a fidarti di me. Hai trovato qualcosa?"

Carl spinse delicatamente il capo e prese la tastiera del computer.

"Lo adorerai. Anche per il contenuto del porno, se non per qualcos'altro."

"Mi hai una buona opinione, mi sembra."

"Sì, ma sembri un vecchio verde vestito da poliziotto."

Bobby agitò delicatamente l'orecchio del suo partner più giovane in risposta.

Quindi lo schermo si animò con le immagini di Bridget Baldwin.

"Ecco qua. Questo sito è vecchio. Non è stato aggiornato per almeno tre anni."

Le immagini erano di Bridget.

Ha posato in diversi scatti nudi, quasi di natura pornografica, mostrando chiaramente i suoi splendidi attributi intimi.

Bobby si sedette su una sedia scricchiolante e fece scorrere le foto.

"È quello che ha fatto prima di diventare famosa?"

"Beh, non è affatto male. Bell'aspetto." Rispose Carl. "Questo è un modo in cui i modelli escono in cima."

"Mi chiedo perché non li abbia tolti?"

"Il sito è di proprietà di Calvin Arte Creativo. È un sito morto quando si tratta di novità, ma la sua gestione è ancora attiva come puoi vedere."

"E anche un sito ad accesso gratuito?" Chiese Bobby.

"Sì. Sono stato collegato a un sito di chat che ora è sospeso."

"Interessante! Carl, prenditi il resto della giornata libera."

"Perché non riesco a vederti prendere una sigaretta, intendi?"

<h1 style="text-align:center">9.</h1>

Bridget morse un pezzo di pane e guardò attorno al tavolo gli altri.

Calvino era seduto a capotavola, recitando il ruolo di patriarca di famiglia con sua moglie Gaby al suo fianco.

Il colpo di acciaio contro la porcellana sui piatti fu l'unico suono udito quando la famiglia mangiò in completo silenzio.

Le due figlie adolescenti di Calvin si guardarono l'un l'altro e poi Bridget come se si stessero nascondendo un segreto.

Si sentiva fuori posto, invitata a rimanere contro i suoi desideri e costringendosi a farlo.

Dal momento che, nella sua mente, sapeva che c'era un altro posto in cui doveva essere.

"Va tutto bene, Bridget?" Chiese Calvin bevendo un sorso di vino.

"Sì, grazie. Non ho molta fame." Lui rispose con un sorriso.

Le due ragazze risero e poi rimasero in silenzio mentre Calvin dava loro uno sguardo severo.

"Penso di dover andare a letto."

"Stanco?" Chiedo.

"Ne hai passate molte." Commentò Gaby. "Devi essere esausto. Ma puoi riposare mentre sei qui per alcuni giorni. È molto tranquillo."

"Perdonami." Bridget si alzò dal tavolo e se ne andò.

Calvin colse il profumo del suo profumo mentre lo passava, assaporando la sua dolcezza e tormentando i suoi sensi.

Era felice di sapere che lei gli era vicina, ora sotto il suo tetto e condividendo a casa.

Qualcosa che aveva sempre desiderato, dal momento che non era solo un'amica, ma anche una persona che ammirava e amava da quando si erano incontrati.

Era anche qualcuno che sognava, facendole l'amore, ma non è mai stato in grado di avere il coraggio di chiederle.

Dopo cena, Calvin si scusò con la sua famiglia per lasciare il tavolo.

Salì le vecchie scale di quercia verniciata e si diresse verso la stanza degli ospiti, bussando piano alla porta.

"Avanti."

La risposta che voleva ed era come un invito al cielo.

Entrò nella stanza e trovò Bridget sdraiata sul letto a fissare il soffitto nella luce soffusa della lampada da comodino.

Il suono rilassante di un'opera classica suonava in sottofondo.

Chiuse piano la porta, poi si sedette accanto a lui.

"Come ti senti?" Chiedo.

"Mi sento bene." Bridget rispose, senza alterare il suo sguardo.

"Spero che non ti dispiaccia che ti abbia invitato a tornare qui? Ho pensato che sarebbe stato meglio. Posso avere che si prendano cura di te e ti proteggano." La sua mano le toccò la spalla, correndo lungo la linea del suo vestito fino al petto. "Sai cosa provo per te?"

"Sì." Allontanò la mano e si girò su un fianco, lontano da lui. Si sentì rifiutato. "Apprezzo la tua gentilezza, ma hai altre ragioni."

Si alzò e andò alla porta, poi si fermò.

"Sai cosa provo per te. Non riesco a smettere di amarti. Ti sei sentito allo stesso modo una volta, ma hai cambiato idea per qualche ragione sconosciuta. Vorrei sapere qual è quella ragione."

"Mi fai paura", rispose.

"Ma perché? Non ti ho nemmeno costretto a farlo. Non ti ho mai fatto del male o volevo farti del male."

"Sei così possessivo. Non mi piace. Non mi è mai piaciuto."

"Intendi molto per me. Farei qualsiasi cosa per te. Qualsiasi cosa."

"Allora fammi trovare Leonardo."

"Vuoi andare in Italia? Perché è lì che si trova ora."

"Non credo in nessuno di voi. So che è ancora qui, in quella casa. Forse in pericolo."

"Puoi chiedere alla polizia. Sono sicuro che hanno perquisito la casa." È tornato al suo fianco. "Devi crederci. L'ho controllato da solo. Stamattina è partito per un volo per Roma. Come posso farti credere?"

"Non puoi, nessuno può. So solo quello che so."

"Ti stai ancora riprendendo da quello che è successo. L'uomo ti ha abbandonato, ti ha lasciato morire in un vicolo per quello che sappiamo. Quello che succede è che non puoi abituarti all'idea."

Bridget si voltò a guardarlo.

Le lacrime le scorrevano sul viso, con ciocche di capelli premute contro le sue guance e una che Calvin era tentato di rimuovere delicatamente, ma non osò a causa del suo possibile rifiuto.

"Tesoro, manderò due dei miei uomini la mattina a controllare la casa. Lo prometto."

"Potrebbe essere troppo tardi per quel momento. Potrebbe essere troppo tardi anche adesso."

"Tesoro, posso solo fare quello che posso in queste circostanze. Il dottore ha detto che avresti avuto questi flashback e che alcuni di loro non sarebbero nemmeno reali. Ho rivisto la situazione di Biscas e questo è tutto ciò che sappiamo."

"Per me era reale. So che era reale."

"Forse." Calvin sorrise e alzò la mano per toccarle il viso. Bridget lo guardò e sentì le sue dita muoversi delicatamente contro la sua pelle bagnata. "Ti amo Bridget", sussurrò.

Era attratta da lui.

Dentro anche lei lo amava, ma non fisicamente.

Il suo amore per lui è nato nel momento in cui ha permesso alle loro anime di toccarsi su Internet, attraverso i loro terminali di computer, separati da centinaia di miglia.

Hanno fatto l'amore cento volte in un modo così tenero e romantico.

Ma dopo che si sono incontrati fisicamente, non poteva essere così intima.

Calvin ne era frustrato perché voleva davvero soddisfare i suoi desideri disperati.

Tutto quello che voleva era davvero fare l'amore con lei, toccarla e assaporarla come aveva immaginato in passato e, soprattutto, sentirla vicina a lui.

Le loro labbra si toccarono come avevano fatto prima.

Il bacio fu appassionato, ma poi Bridget lo ritrattò.

"Non!" Si allontanò, rallentandolo.

"Che succede?" Chiedo. "Perché continui a farmi questo?"

Sollevò la mano e se la mise sulle labbra.

"Non posso". bisbigliò, la passione la attraversava ancora, ma incapace di completare la risposta che voleva e lui voleva così tanto. "Io ... io ..."

"Cosa? È perché sei a casa mia?"

"No. Ti ho deluso. Ho rotto la mia promessa", rispose.

"Promessa? Quale promessa?"

Lo guardò e lui iniziò ad affogare nei suoi incredibili occhi blu come sempre.

"Ho lasciato che Leonardo prendesse la mia verginità", gli disse.

Lui era sorpreso.

Ma poi quella promessa non era una promessa che pensava fosse reale.

Dubitava, fin dall'inizio, della sua confessione di non essere stata toccata.

"Non è importante. L'importante è che ora siamo insieme."

Bridget si appoggiò allo schienale e gli prese la mano, mettendola sul petto.

Poteva sentire la durezza del suo capezzolo sotto il vestito e il suo cuore iniziò a battere forte quando lo guardò.

Senza esitazione, si arrampicò su di lei e continuò il bacio appassionato che avevano iniziato in precedenza.

Bridget rispose avvolgendolo con le braccia, avvicinandolo.

La sua mano tracciò la forma della sua vita e dei suoi fianchi fino a quando non trovò l'orlo del vestito e la carne calda della sua coscia.

Delicatamente le sue dita avvertirono quel calore e quella morbidezza mentre si muovevano sulla sua pelle.

Poteva sentire la profonda passione nel suo bacio e all'improvviso, attraversò la barriera dell'incertezza, ora voleva che lui la sentisse, si sentisse soddisfatta con lei.

Il bacio finì e lei lo guardò, passandosi le dita tra i capelli con entrambe le mani.

Voleva divorarlo e consumarlo.

Il tocco delle sue dita all'inguine causò un solletico alla schiena che gli diceva che tutto andava bene e che non c'era modo di fermare quello che sarebbe potuto accadere.

Calvin tirò le mutandine con entrambe le mani, togliendole le gambe lisce e mettendole da parte.

Il dolce profumo del suo sesso colpì le sue narici mentre guardava giù verso il suo tumulo accuratamente tagliato.

Osservò e attese che allargasse le gambe e abbassò lentamente la testa tra di loro.

La sensazione del suo respiro contro di lei la fece cadere sempre più in profondità nei suoi desideri appassionati.

Quel momento era sicuramente arrivato, con il quale aveva sognato tante volte.

Le sue labbra vaginali si aprirono, costrette ad aprirsi delicatamente dal calore e tuttavia dalla fredda umidità della sua lingua.

I suoi sentimenti iniziarono ad aumentare.

La leccò e la spinse con dolce vigore, mettendola alla prova e accarezzandole il clitoride con la lingua, avvicinandola a lui mentre urlava di più.

Il clitoride era una delle parti più sensibili del suo corpo.

Nel giro di pochi minuti cominciò a notare come il suo orgasmo arrivasse senza una possibile frenata.

Calvin non riuscì a fermare le sue grida di estasi mentre stringeva la trapunta con le dita.

Esisteva il pericolo che la sua famiglia la sentisse urlare, avvertendoli.

"Tesoro ... per ... per ..."

La prese in braccio, l'abbracciò e la strinse forte.

"Shhhhhhh ... per favore"

Iniziò a calmarsi, tornando alla normalità, ascoltando la sua voce sussurrante.

"Burt ... ascoltami" Le sussultò all'orecchio. "Sto aspettando da tanto tempo ..."

"Lo so. Prometto che tornerò più tardi. Adesso è troppo rischioso. Devo andare. Gaby e le ragazze si chiederanno dove sono. Entrambi ci lasciamo trasportare."

Bridget si appoggiò allo schienale e lo guardò.

Quando il suo dito scivolò sulle sue labbra, lei lo morse e lo succhiò scherzosamente.

"Aspetterò," sussurrò.

Il suo corpo formicolava, ogni fine del nervo era ipersensibile ai suoi tocchi, alla sua stessa presenza.

Più tardi non fu in grado di venire abbastanza presto, poiché non erano soli in casa e la sua famiglia stava minacciando la sua privacy e, sebbene desiderasse lì, aveva in mente qualcosa di più importante.

* * *

Bobby si appoggiò allo schienale della sedia e guardò il pacchetto di sigarette sulla sua scrivania.

La tentazione era grande, ma la sua forza di volontà era più forte.

Smise di guardarlo, aprì il fascicolo e tirò fuori il fax che qualcuno le aveva passato quel pomeriggio.

Lo lesse per l'ennesima volta cercando di capire cosa stesse dicendo.

"Harris, Biscas e Andreotti sono al sicuro e bene, ma non per sempre. L'azione non è finita e lei ha intenzione di andare oltre con questo. Vorrei non averla mai vista."

Il fax è stato inviato in modo anonimo utilizzando un ufficio di comunicazioni pubbliche della città.

L'unica cosa che identificava il mittente era la firma "Potente", ma questo non significava nulla per Bobby.

Guardò l'orologio e decise che era tempo di finire la giornata.

Spense la lampada all'angolo della sua scrivania e diede un'ultima occhiata allo stuzzicante pacchetto di sigarette.

* * *

Nel parcheggio a più piani, Bobby stava per aprire la portiera della sua auto quando una limousine nera si fermò accanto a lui.

La finestra si aprì.

"Ispettore?"

Bobby guardò verso la limousine e diresse il suo sguardo verso l'autista.

"Hai cinque minuti?"

"Stavo per tornare a casa. Ma posso prendere altri cinque minuti, ovviamente."

"Allora entra."

Bobby fece lentamente il giro della limousine fino al sedile del passeggero ed entrò.

L'autista digrignò i denti e porse a Bobby una piccola busta bianca.

"Questo è per te. E qualcos'altro che devo dirti."

"È caldo."

"Biscas è ancora vivo e vegeto, ma non è a Firenze o a Roma. Questo è tutto ciò che posso dirgli."

"E tu chi sei, se posso chiedere?" Chiese Bobby.

"Non è importante. Sono solo un benefattore."

L'autista accese due sigarette e ne consegnò una all'ispettore.

"Dai, prendilo. Sembra che tu ne abbia bisogno. Sento quel bisogno di te."

Bobby lo prese mentre l'autista rideva.

"Una volta l'ho provato pazzo, ma non ho mai avuto la forza di volontà per smettere."

Bobby lo succhiò e assaporò il sapore del fumo.

"Vedi, ti senti bene eh?"

"Certo. Ma ho ancora bisogno di sapere chi è il benefattore."

"Come ho detto, non è importante. E un'altra cosa ..."

"Vai avanti, sorprendimi ancora, cos'altro?"

"Non andare a controllare il record su questo veicolo, perché non ne ha uno." L'autista rise. "Diciamo solo che quello che c'è in quella busta è tutto ciò che serve per continuare. Buon pomeriggio, ispettore."

Non appena Bobby uscì dalla limousine, si allontanò rapidamente, le gomme stridevano lungo il pavimento di cemento fino a scomparire dalla vista verso il livello inferiore del parcheggio.

Bobby guardò la busta e l'aprì.

Un ciondolo con un cuore d'oro e una catena le cadde in mano.

Su di esso erano incise le parole: "A Jane, con affetto, Leonardo".

Bobby lo raccolse e poi sorrise a se stesso, assaporando l'ultimo residuo di nicotina dalla sua sigaretta.

10.

Calvin si avvicinò a sua moglie da dietro, abbracciandola forte mentre lavava i piatti, le diede un bacio dolce sulla guancia.

"Stai bene tesoro?"

Si voltò e si rannicchiò in suo volto, restituendo il gesto amorevole.

"Cos'è quello?" lei chiese.

"Il cosa?"

Rileva qualcosa di familiare, un odore che le ricordava qualcosa.

Il profumo del sesso doveva essere impossibile e lei respinse rapidamente il pensiero.

Calvin si rese conto di ciò che aveva notato e si allontanò dolcemente.

"Deve essere la zuppa di aragosta. Era delizioso, tesoro."

"Bene, allora puoi aiutarmi a mettere via questi piatti o fare qualcosa per riparare la lavastoviglie il prima possibile?"

"Ah! E dove sono le ragazze quando ne hai bisogno?" chiese scherzosamente. "Sembrano sempre sparire quando c'è del lavoro da fare."

"A proposito, come sta il nostro ospite?" Chiese Gaby.

"Dormire. Il modo migliore per recuperare."

"Ti piace molto, vero?"

"Penso al suo benessere, sì. È uno dei miei più grandi beni, non dimenticarlo."

"E molto carina." Gaby gli si avvicinò e gli mise le braccia attorno alla vita.

Calvin rise.

"L'ho notato. Ma tu sei l'unico per me. Puoi credermi."

* * *

Bridget aprì leggermente la porta della sua stanza per ascoltare l'attività nel resto della casa.

Sembrava tutto calmo.

Uscì sul pianerottolo e si diresse verso il bagno.

"Ciao, stai bene?" disse una voce dietro di lei.

Non si era reso conto che Susan, una delle figlie di Calvin, era in piedi sul pianerottolo.

"Sto bene. Vado solo a farmi una doccia veloce." Rispose Bridget.

"Posso chiederti una cosa?"

"Ovviamente."

"Com'è essere una top model?" Bridget guardò Susan e sorrise. I suoi morbidi capelli dorati le scendevano lungo le spalle, incorniciando il suo sguardo angelico. Assomigliava molto a Burt, pensò Bridget. "È un duro lavoro. Non è sempre così affascinante come pensano alcune persone."

"Spero che tu capisca che non è che voglio essere un modello. Penso che sia degradante."

"Beh, sì e no. Capisco il tuo punto, ma è molto necessario che l'industria della moda abbia modelli maschili e femminili per mostrare abbigliamento e trucco ..."

"Sì, ma per mostrarti nudo e tutto il resto. Le tue tette e la tua figa in mostra"

"Beh, non lo è davvero."

"Ma l'hai fatto".

Bridget si fermò a pensare. "Come fai a saperlo?"

"Papà ha molte tue foto di nudo. Le nasconde dalla mamma. Le ho viste nel suo gabinetto segreto."

"Ce l'hai fatta?"

"Sì. So come entrare nella sua scrivania, nel suo gabinetto segreto."

"Lui sa?"

"Gli diresti che te l'ho detto?" Susan sorrise. "Non mi daresti fastidio, vero? Perché se lo facessi, dovrei dire alla mamma tutto di te e papà."

"Dirle cosa, Susan?" Bridget incrociò le braccia, iniziando ad arrabbiarsi, ma cercò di nasconderlo. Non c'era dubbio che Susan avesse pianificato questo piccolo incontro con qualche intenzione maliziosa. "Che cosa sai esattamente?"

"So che ti ama."

Bridget rise.

"Susan, non è una cosa segreta. Tuo padre conosce molte donne che finge di amare."

"Questo non finge. Ti ama davvero. Ho letto il suo diario. Ha scritto che, se avesse potuto, avrebbe lasciato la mamma e ti avrebbe chiesto di essere sua moglie."

Ancora una volta, Bridget si fermò a pensare.

Era così sconcertante immaginare che Burt avrebbe mai lasciato quelle informazioni a portata di mano per i suoi figli da raccogliere così facilmente.

Lei sollevò un sorriso in risposta.

"Lo ami Bridget?"

"Questo non è nel tuo interesse." Bridget si girò e proseguì verso il bagno.

"Ma sconvolgerebbe la mamma se lo scoprisse."

"Allora non dirglielo."

Chiuse la porta del bagno alle sue spalle e attese, ascoltando per un po 'per vedere se Susan stava girando fuori sul pianerottolo.

Quindi sollevò il vestito per togliere il minuscolo cellulare dal suo nascondiglio discreto nelle sue mutandine.

Digitò un numero e attese che lui rispondesse.

Senza risposta.

Il telefono che ha tentato di contattare era offline.

"Dannazione!"

Ha provato un altro numero.

Questa volta hanno risposto.

"Ciao? Jacky?"

"No. Chi è?" Rispose la voce.

"Thomas? Sei tu?"

"Certo che sono io. Miss Bridget, perché mi stai chiamando?"

"Devo sapere cosa sta succedendo? Leonardo è ancora lì?"

"Chi è Leonardo? Vuoi parlare con Miss Jacky?"

"Thomas, ascoltami. So cosa è successo, non sono stupido. Quindi, per favore, non cercare di capire che sono una specie di idiota. Leonardo sta bene?"

"Miss non capisco. Chi è Leonardo? Non so di chi stia parlando e Miss Jacky è molto impegnata in questo momento."

Bridget tese il telefono con entrambe le mani a distanza di un braccio e ringhiò, poi se lo portò di nuovo all'orecchio.

"Va bene, gioca a questo stupido gioco se necessario, ma ho intenzione di recuperare, lo giuro."

Lo scollegò e ringhiò di nuovo, colpendo il muro frustrato.

Si sentì bussare alla porta.

"Stai bene, signorina?" Chiesto la voce una delle guardie.

"Sì, vado a fare un bagno."

"Pensavo di aver sentito delle voci."

"Stavo cantando."

"Quando è libero, dobbiamo parlare."

"Sì, lo faremo. Penso che tu abbia bisogno di sapere qualcosa."

* * *

L'autista tornò a casa ed entrò attraverso le porte anteriori.

Una delle guardie del corpo stava aspettando.

L'autista lo guardò.

"Cosa stai guardando?" Chiese, poi andò in soggiorno con le mani infilate nelle tasche dei pantaloni.

La guardia del corpo sorrise semplicemente e lo guardò entrare.

"Vieni in Andy." Disse Jacky. "Spero che tu abbia consegnato il mio messaggio."

Indossava una gonna di pelle rossa attillata e una canotta abbinata, i capelli raccolti in una lunga coda di cavallo che le ricadeva sulla schiena.

Attraversò il pavimento piastrellato verso il suo fedele autista e gli porse un bicchiere di vino rosso.

"Sì, gli ho dato il messaggio."

Andy prese il bicchiere e la guardò.

Gli aveva promesso un regalo speciale quella notte e lui sapeva dal modo in cui si era vestita che la promessa fluttuava nell'aria.

Non aveva mai avuto l'opportunità di stare da solo con il suo capo.

Lei lo guardò e gli fece un sorriso seducente.

"Bravo ragazzo. Penso che sia ora di giocare."

Andy bevve il vino mentre le dita abbassavano lentamente la cerniera sui pantaloni.

"Vuoi giocare, vero Andy? È la tua ricompensa, il tuo bonus per un lavoro ben fatto."

"Ovviamente." Sorrise e mise il bicchiere sul tavolo accanto a lui e Jacky mise la mano nella sua apertura aperta, sentendo il suo cazzo già duro. "Non possiamo usare la tua camera da letto per questo, signorina?"

"Perché sei timido?" Thomas era in piedi vicino alla porta e guardava. "Ti rende nervoso, Andy?"

"Sì, potresti dirlo."

"Mmmm ... sembra che ti stia godendo i miei tocchi morbidi. Ti piace così, Andy? Scommetto che anche Thomas si sta eccitando."

Guardò il suo servo.

Thomas rimase immobile e inespressivo.

Jacky prese Andy per mano e lo condusse alla sedia.

Si sedette e lo tirò in vita, sorridendogli mentre slacciava la cintura e abbassava lentamente i pantaloni.

"Sei pronto per questo?" lei chiese.

Poi, lentamente, si tolse i pantaloncini, rilasciando la sua virilità.

Indicò, forte e palpitante al suo viso.

"Spero che mi darai ciò di cui ho bisogno."

Lo accarezzò, facendo scorrere le dita attorno a lui e tirando indietro il prepuzio per rivelare la sua testa appetitosa.

Poi lo prese in bocca, testandolo sensualmente con la lingua e leccandosi delicatamente sotto il glande gonfio.

Andy emise un sospiro di gratitudine, poiché l'azione lo aveva riscaldato ancora di più.

Lo prese sempre più in profondità nella sua bocca fino a quando non fu quasi completamente divorato, tenendo il suo scroto e spremendolo come se stesse purificando i suoi testicoli per ogni goccia di sperma che poteva raccogliere.

I suoi sospiri si trasformarono in ripetuti gemiti, che sembravano essere al ritmo delle sue azioni.

Portandolo dentro e fuori lentamente.

Andy allungò la mano e le prese le spalle mentre muoveva i fianchi, la sua spinta perfettamente in sincronia con il suo ritmo, fino a quando non urlò libero, lasciando che i suoi carichi scorressero nella sua bocca.

Jacky deglutì ogni goccia mentre il suo sperma caldo inondava la parte posteriore della sua gola desiderosa.

Lo leccò pulito e sorrise.

"Grazie mille signorina, è stato molto bello."

"Riposa ora. Ho bisogno di te per un altro lavoro molto importante al mattino."

Andy si tirò su i pantaloni e li sistemò per lasciare la stanza.

Passò Thomas alla porta e gli chiese.

"Ti è piaciuto guardarci?" Thomas sorrise e poi si diresse verso Jacky.

"Signorina. Prima hai ricevuto una chiamata."

"O si?" Jacky si asciugò lentamente la faccia con un tovagliolo morbido. "Chi dovrei o no chiedere?"

"Da Miss Bridget. Ha chiesto il signor Leonardo. Poi le ho detto cosa mi aveva ordinato di dirle."

"Va bene. E aveva qualcosa da dire?"

"Sì. Che stava per riprendersi."

Jacky sorrise e si alzò dalla sedia, raddrizzandosi la gonna.

"Beh, mi chiedo cosa hai in mente"

Camminò lentamente verso la porta con la coda di cavallo che ondeggiava da una parte all'altra sulla schiena.

"Seguimi, Thomas, ho bisogno del tuo aiuto nella prigione e ho una piacevole sorpresa per te."

Thomas le sorrise e la seguì, gli occhi fissi sui fianchi che ondeggiavano mentre camminava.

* * *

Gli occhi di Bridget iniziarono a chiudersi.

Il morbido concerto per violino di Stravinski la stava ascoltando rilassata mentre giaceva nuda ma coperta nel letto.

Era tardi e la promessa visita di Calvino sembrava che non sarebbe mai avvenuta fino a quando il leggero bussare alla porta la scosse.

Calvin entrò in silenzio e nella penombra della lampada riuscì a vederlo.

Si è seduto al tuo fianco.

"Eri addormentato?"

"Quasi. Pensavo ti fossi dimenticato."

"Ho dovuto aspettare che Gaby dormisse profondamente." Le passò le dita sul viso. "Non sai come mi sento in questo momento. Ti amo così tanto."

"Stai tremando."

"Sì, con entusiasmo. È il mio sogno più grande che diventa realtà."

Bridget le prese il polso e si alzò in piedi.

La coperta che la copriva scivolò, rivelando i suoi seni sodi che sembravano molto più perfetti alla luce della lampada.

"Allora, cosa è stato così urgente? Hai detto che dovevi parlare?"

"Speravo che ti unissi a noi, in modo da poter assicurare Gaby."

"Assicurargli cosa?"

"Che eravamo solo amici. Non ho bisogno che lei pensi che io e te ..."

"Stop!" Bridget allontanò la mano. "Le diresti deliberatamente bugie mentre sono qui?"

"Sì perché no?"

Bridget odiava essere una bugiarda e, soprattutto, odiava di più quando qualcuno la trascinava nelle sue trappole ingannevoli.

Calvin cercò di abbracciarla di nuovo, ma rabbrividì, tenendo di nuovo la coperta vicino.

"Tesoro, qual è il problema?" Chiedo.

"È sbagliato. Tutto non sembra giusto."

"Cosa intendi?"

"Prima ..." Bridget ha spiegato la sua conversazione con Susan in precedenza. "Sapevi che potrebbe entrare nella tua scrivania?" Calvin si alzò e si appoggiò al muro pensando. "Beh, lo sapevi?"

"Dannazione!" sussurrò ad alta voce arrabbiato. "No, non lo sapevo".

"Quindi hai pensato che fosse tutto segreto? Beh, ripensaci, Burt."

"Mi dispiace Bridget. Sono completamente stupida e sciocca. Non ho mai capito che Susan sarebbe venuta nella mia scrivania. Ma ora che sospetta questo, so cosa farà di tutto per salvare il nostro matrimonio."

"Ne hai bisogno?"

"Sì. Ma non è per te e per me o per quello che provo per te. È qualcosa che va avanti da anni. Mi dispiace."

Calvin aprì la porta per andarsene.

"Aspettare!" Gli chiese lei. "Ho bisogno di chiederti una cosa." Calvin rimase fermo per un po ', poi si girò per chiudere la porta piano. "Ho bisogno di alcune risposte e so che le hai."

"Qualunque cosa sia."

"Hai avuto a che fare con tutto questo? Con Jacky?"

"Se ti dico quello che so, allora ho bisogno che tu mi tenga lontano. Capisci?"

"Sì, hai la mia parola."

Calvin si sedette sul letto e spiegò: "Sapevo che tu e Leonardo avevate preso accordi per incontrarci. Poi ho ricevuto una telefonata da Jacky. Mi ha detto chi era e che voi due le avevate parlato e che aveva fatto piani. E odiavo Leonardo perché sapevo cosa provavi per lui, sapevo sempre che avevi il desiderio di incontrarlo, sapevo sempre che un giorno sarebbe venuto a derubarti.

"E Jacky?"

"Mi ha chiesto di incontrarci per poter parlare. L'abbiamo fatto e ho pensato che l'intero piano che avevi fosse pazzo. Mi ha detto tutto. Non potevo credere che tu avessi accettato questo piano per assassinare Andreotti e Leonardo. Non aveva senso "Pensavo che li ammirassi entrambi. Poi ho cercato di fermarti, non solo perché ero geloso, ma anche perché sapevo che Jacky ti stava usando. Questo è tutto quello che so. La cosa successiva che so è successo, sei rimasta incosciente in quel vicolo."

"Sapevi anche di Jane, vero?"

"Sì, è stato anni fa, prima che morisse." Rispose Calvino.

"Parlamene"

"Che cosa vuoi sapere esattamente, Bridget?"

"Com'era Jane? Voglio dire, cosa stava davvero facendo?"

"Intendi le sue abitudini e questa relazione con Leonardo?" Bridget annuì perché continuasse; "Jane è stata una delle mie prime modelle. Come te, l'ho ammirata molto e, di nuovo, come te, Leonardo era sulla scena. La conquistò, ma in un certo senso ero contento di averlo avuto.

Aveva queste strane abitudini di voler essere malconcio. È diventato un dato di fatto quando mi ha chiesto di progettare un sito Web per lei. Sono rimasto sorpreso da quello che ha fatto. Non ho mai pensato che qualcuno così bello come lei potesse essere interessato a quel genere di cose. "

"E Leonardo?"

"All'epoca stava solo sviluppando la sua attività. Lo stavo aiutando con alcuni contatti ed è stato così che lui e Jane si sono incontrati. Il suo background lo ha incuriosito e come è entrata nelle cose che ha fatto. Leonardo era curioso e affamato di scoprirlo. anche su quelle cose. Mi chiedevo spesso se fosse coinvolto anche in rapporti sessuali estremi e si è scoperto sì. "

"Quello che è successo?"

"Li ho aiutati a realizzare un film, ho organizzato le sessioni fotografiche. Poi è successo l'incidente e i suoi genitori mi hanno chiesto di rimuovere il sito Web e interrompere la distribuzione del video. Poi ho scoperto che Leonardo era coinvolto nella sua morte ed era poco assolto Più tardi. Ma poi ho scoperto che anche la sorella di Jane è stata interrogata. Si scopre che stava inviando minacce di morte a Leonardo. "

"Non ci hai pensato quando ti ha contattato?"

"Certo che l'ho fatto. Ecco perché ho pensato che fosse tutto folle. Ma aspetta, Bridget, eri con lei su questo piano. Sono stato sorpreso di pensare che potresti fare qualcosa del genere. Volevo proteggerti."

11.

Il sotterraneo era freddo e silenzioso e Leonardo poteva sentire i pugni che gli si affondavano nei polsi ogni volta che si muoveva.

Non riuscì a parlare e l'unico suono che riuscì a emettere fu un gemito attutito nella stretta maschera di gomma che gli copriva tutta la testa, la bocca chiusa.

Era freddo e nudo, ed era stato costretto a rimanere sospeso per i polsi delle catene che lo tenevano in quella posizione per giorni.

Cominciò a perdere la cognizione del tempo e il sonno arrivò solo in brevi pisolini, di volta in volta curato da una delle guardie del corpo, per essere nutrito, tolto e liberare la vescica in un secchio quando la guardia lo permetteva. .

Jacky entrò nel sotterraneo seguito da Thomas.

Leonardo la guardò camminare verso di lui.

Gemette alcune parole incomprensibili mentre lei stava in piedi davanti a lui, facendo scorrere le unghie sulla pelle del suo petto.

"E come sta la mia ospite oggi? Sta bene, spero" chiese. Leonardo si strinse i pugni, ma gli fece male. Aveva già delle abrasioni che gli facevano male e sanguinavano i polsi. "Sei pronto a giocare con me ancora?" Iniziò a tentarlo di nuovo toccando il suo cazzo inerte. "Oh Leonardo, so che puoi fare di meglio. Guardalo, è così patetico." I suoi occhi la guardarono attraverso le fessure della maschera e lei ricambiò il sorriso, poi si leccò le labbra sensualmente. Iniziò a gemere ancora più forte per la frustrazione e lei rise di lui. "Ti lascerò cercare un momento, Leonardo. Potrei metterti di buon umore."

Si avvicinò al tavolo operatorio freddo, rimuovendo lentamente la gonna.

Thomas la fissò.

"Sai cosa ti lascerò fare, Thomas?"

"Nessuna signora."

"Ti piacerà quello che ti lascerò fare da Thomas."

La gonna cadde a terra e la tolse dai piedi.

Indossava un perizoma nero stretto, che le stringeva forte l'inguine.

"Possiamo mostrare ai nostri ospiti quanto ci piace giocare entrambi".

Si sedette al tavolo, sollevò le gambe e appoggiò saldamente le caviglie sulle staffe sdraiate sulla schiena.

"Thomas, sai cosa fare adesso. Quindi fallo!"

Thomas si tolse la giacca e si rimboccò le maniche della camicia.

Quindi abbassò la cinghia di Jacky, allontanandola dall'inguine, esponendo il suo sesso.

Leonardo non sussultò quando Thomas si appoggiò al tavolo e fece scorrere la lingua contro i suoi genitali aperti, aprendo le cosce.

Poteva sentire la sua lingua assaporarla, bere i suoi succhi caldi in bocca e succhiare il suo clitoride sensibile.

"Ooooh sì! Thomas, fai molto bene, mmm ... per favore, non fermarti."

E Thomas non voleva smettere.

Delicatamente, la lasciò in estasi orgasmica mentre si aggrappava al bordo del tavolo, spingendo il suo inguine più vicino a lui mentre il suo orgasmo si avvicinava sempre di più al suo picco.

Lo pregò di non fermarsi fino a quando finalmente arrivò, urlando di piacere.

* * *

Bridget preparò rapidamente la valigia mentre Calvin la guardava.

"Dove pensi di andare a quest'ora?" Chiedo.

Le mise delicatamente le mani sulla vita nuda e lei rimase in silenzio sentendo le sue mani accarezzarla.

"Bridget, posso ancora proteggerti da tutto questo. Fidati di me."

"Come? L'hai detto tu stesso, sono pazzo come Jacky." Si voltò verso di lui e lo guardò negli occhi. "Non so nemmeno perché sono entrato in questo. Sono stato stupido."

"Succede. Capisco perché tu volessi Andreotti morto. Era una vendetta."

"Esatto. Sono altrettanto pazzo, proprio come Jacky."

"No non siete." Allungò una mano e le prese delicatamente le braccia. "È pazza e molto pericolosa. Stai ancora soffrendo per tuo padre per quello che sospetto, e il dolore può farti scatenare dentro. Bridget, ti prego, ascoltami, posso aiutarti."

Era attratta da lui.

Le sue labbra si avvicinarono alle sue finché non si chiusero in un bacio, diventando appassionate finché non si lasciò trasportare tra le sue braccia.

Era così bello e mentre lui era lì, lei era al sicuro.

Lo desiderava così tanto, ma poi c'era quel fastidio nella sua testa che le diceva che era sbagliato essere lì e sentire quello che stava provando.

Smise di baciarlo e si allontanò.

"No, basta, Burt. Non posso farmi coinvolgere, per quanto io voglia. Devo andare."

"No, non farlo! Ascoltami!"

"Burt, devo andare."

"Non ti lascerò andare!" La fece rotolare sul letto e la appuntò al suo corpo. Si rassegnò a lui, i suoi sentimenti incapaci di resistere alla sua forza. "Non mi interessa nient'altro, Bridget. Ti amo!"

Si appoggiò allo schienale e lo sentì aprire le sue cosce.

La sua mente era agitata, pensando al disordine che aveva creato, confusa con tutti i tipi di pensieri e ora le sue emozioni in disordine.

Quindi la spinse dentro di sé, aprendole il sesso e riempiendola con la durezza del suo cazzo.

L'impatto della sua rigidità la lasciò senza fiato e lei lo guardò, stringendo forte il letto.

"Non farmi del male", sussurrò ad alta voce.

"Non voglio farti del male, tesoro. Non voglio farti del male. Ti amo così tanto che farei qualsiasi cosa per te."

Bridget riacquistò i suoi sensi e sentì la sua tenerezza.

Iniziò a rilassarsi.

Le baciò il collo, accarezzandole i capelli con la mano e tutto sembrò di nuovo così sicuro e così buono.

Gli mise le braccia attorno e lo afferrò per le spalle mentre lui iniziava a muoversi dentro e fuori lentamente e con totale affetto.

Ora ce l'aveva e non voleva che si fermasse.

"Ti amo Burt", sussurrò.

Bridget lo tirò verso di sé e sentì ogni spinta della sua durezza che faceva tremare il suo corpo dal desiderio.

Lo sentì rabbrividire e poi un flusso caldo dentro di lei le disse che era scappata.

Ci fu un breve silenzio e la guardò, accarezzandole il viso.

"Scusa. Non riuscivo a fermarmi." Calvin si scusò e gli sorrise.

"Va bene."

"Intendevi quello che hai detto? Mi ami davvero?"

"Non ne sono sicuro."

Non era sicura.

Qual è stata la differenza tra lussuria e vero amore?

Sapeva che ciò che provava per Calvin era una specie di vicinanza e ammirazione per lui.

Si era spesso chiesta come sarebbe stato fare l'amore con lei, e in un certo senso quegli stessi sentimenti si applicavano anche a Leonardo.

Ma non era niente in confronto all'amore che aveva provato per suo padre.

Non c'era solo ammirazione, ma anche la sensazione di far parte di lui e di non aver mai voluto fare sesso con lui, tranne che nella sua immaginazione più sfrenata che sapeva di essere proibita.

Ma come si chiamava questa cosa amore?

"Stai pensando. A cosa stai pensando?" Chiedo.

"Amore. Ancora non capisco cosa sia veramente."

"Ma devi sentire qualcosa, vero?"

"Sì. Ma ..."

"Cosa? Dimmi come ti senti?"

"Non posso. Non so come spiegarlo."

Calvin si sedette sul lato del letto e si lavò i capelli con una mano.

"Scusa Bridget. Ti ho confuso, vero?"

"Cosa intendi?"

"Per tutto il tempo ti ho costretto a prendermi. Non hai mai voluto amarmi. Sei stato tu."

Bridget si appoggiò allo schienale e pensò a ciò che aveva detto.

Burt era un uomo incredibilmente bello e si rese conto che dal primo giorno lo vide.

Ciò che provava davvero in quel momento non era altro che lussuria e desiderio di averlo.

Quando finalmente si incontrarono, le cose iniziarono a sembrare diverse per lei.

Voleva solo fare l'amore con lui nelle sue fantasie, ma in realtà non era pronta per quello.

"Immagino di non averti mai amato davvero in quel caso", gli disse. "Volevo solo te. Quello che ho sentito non era lo stesso di quello che hai provato per me."

"Lo sapevo." Calvin si alzò e la guardò. "Tu non mi ami".

"Non." Bridget distolse la testa dal suo sguardo e aspettò che lasciasse la stanza in silenzio.

* * *

Jacky liberò il suo ospite dai pugni e cadde in ginocchio, sciogliendo la maschera.

Lo vide scuotere la testa quando la guardò mentre il sudore gli colava dalla fronte e la barba grigia che adornava il suo viso lo faceva sembrare molto attraente in modo approssimativo.

"Puttana," mormorò. C'era angoscia nel suo sguardo.

"Adoro quando un uomo si arrabbia. Sei arrabbiato con me, Leonardo?"

"Perché lo stai facendo? E cosa hai fatto a Bridget? Se le facessi del male, giuro che ti ammazzo."

"Non preoccuparti, è al sicuro." Allungò una mano, afferrandogli i capelli in mano e spingendo la testa contro il suo tumulo pubico. Poteva sentire il suo respiro respirare nel suo profumo. "Ti piace questo Leonardo? Sei pronto a giocare con me?"

"Sei pazzo, totalmente pazzo. Con questo non mi conquisterai."

"Allora forse dovrei torturarti ancora di più."

Leonardo stava cominciando a riacquistare le forze e allontanò la mano.

Si alzò lentamente e la guardò.

"Dimmi una cosa. Che cosa hai fatto con Bridget?" Jacky lo guardò di nuovo e sorrise. "Dimmi!"

"È viva e vegeta. L'ho lasciata andare. Inoltre, non era comunque molto divertente. Volevo che tu fossi solo per me. Per poterti avere come Jane una volta ti ha fatto per se stessa."

"Ecco di cosa si tratta? Eri geloso?"

"Aveva tutto."

"E ti sei sentito escluso? Non è vero, Jacky?"

"Forse."

Continuava a sorridere, una certa ossessione nei suoi occhi le diceva tutto adesso.

L'intero gioco riguardava l'invidia e non solo un modo crudele di vendicarsi della morte di sua sorella.

Voleva afferrarla per il collo, i segni che le sbiadivano sul collo dove la frusta l'aveva colpita qualche giorno prima e strangolarla.

Ma poi Leonardo si rese conto che non era quel tipo di uomo.

Aveva bisogno di qualcosa di più della tortura che aveva sopportato finora per portarlo così lontano.

"Jacky, devi smetterlo adesso. Finiscilo e lasciami andare."

"Non." Lei scosse la testa. "Gioca con me. Fai quello che hai fatto con Jane, solo ora fallo con me." Lei gli passa leggermente le dita sul petto, toccandogli delicatamente il capezzolo. "Voglio che tu mi faccia sentire il dolore."

"No. Adesso è passato. Non ho mai voluto fare queste cose comunque."

"Allora perché l'hai fatto?"

"Mi ha costretto a farlo. E poiché l'ho amata, l'ho fatto."

"Cosa intendi?" Il suo sorriso diminuì, sostituito da uno sguardo di curiosità, come se ciò che aveva detto non avesse senso.

"Sì, Jacky, l'ho fatto perché l'ho amata."

"Non!"

"È vero. Vedi, non posso farti questo perché non ti amo come ho fatto con tua sorella. Ora, che cosa hai intenzione di fare?"

"Non!" Jacky fece un passo indietro e lo guardò, ripetendosi. "Non fai del male a qualcuno se li ami."

"Sì, lo fai. Perché il vero amore è così forte, farai qualsiasi cosa per quella persona che ami. Farai anche loro del male se lo vogliono."

"Allora feriscimi perché mi odi!"

"No! So perché lo stai facendo, Jacky. Perché eri geloso di Jane. Ammettilo. Hai imparato ad odiarmi perché non potevi avermi come faceva lei e poi hai pensato che l'avrei uccisa, alimentando quell'odio che provi ancora adesso."

Leonardo la prese tra le braccia e Jacky lo guardò negli occhi.

"Allora lascia che ti ami come ha fatto lei," chiese, quasi un sussurro mentre le sue labbra si avvicinavano alle sue.

"No. Non è possibile. Non posso mai amarti come l'ho amata."

"Perchè no?"

"Non sei la stessa persona di lei. Non potresti mai sostituire Jane."

"Ma tu ami Bridget. Perché non io?" Jacky si allontanò. "Guardami! Non sono bella come lei?"

"Se sei bellissima." Leonardo si toccò il petto con un pugno chiuso. "Ma non ho niente qui per te. Lo capisci?"

Leonardo notò i suoi occhi riempirsi di lacrime mentre lo guardava.

12.

Jacky si inginocchiò e avvolse le braccia attorno ai polpacci di Leonardo, abbracciandolo e chiedendo perdono.

Fu un tale improvviso cambiamento nel comportamento rispetto ai momenti precedenti che Leonardo rimase scioccato.

"Ti prego, Leonardo, ti prego, dimmi che mi ami, per favore", urlò. Sollevò la testa per guardarlo, gli occhi vitrei di lacrime. "Ho bisogno che tu mi ami. Senti lo stesso amore che hai dato a Jane."

Leonardo si chinò e la sollevò, prendendola tra le sue braccia.

"Jacky, sei deluso anche dopo tutti questi anni. Ci vuole tempo per amare qualcuno. Sei solo uno sconosciuto per me. Lasciami andare ora."

Thomas osservò la coppia, realizzando cose che non aveva mai notato prima della sua padrona e capo in questa conversazione a cui aveva appena assistito.

Le cose iniziarono a convergere nella sua mente, mettendo insieme i fatti e la storia del suo amante come un enigma negli anni in cui l'aveva conosciuta.

Era ricca e in qualche modo potente, una donna d'affari, e godeva delle sue deviazioni sessuali dalla norma tanto quanto a lui piaceva farne parte.

Per Thomas, una vittima del nanismo, il sesso non era una cosa facile da raggiungere nel mondo normale.

"Vattene, Leonardo. È ovvio che ho perso tempo con te." Jacky si staccò da lui. "Non mi amerai mai come hai amato Jane. Non ha senso cercare di farmi amare da me."

"Jacky, capisco cosa stai cercando di fare. Ma le cose non funzionano così", ha spiegato Leonardo. "Non sono nemmeno sicuro di amare Bridget. Solo il tempo me lo dirà."

Allungò una mano per toccarle il viso, ma lei lo spinse via.

"Non toccarmi. Lasciami solo."

"Allora dimmi qualcosa, Jacky? Dov'è Bridget? Che cosa hai fatto con lei?"

***

Bobby Harris perquisì le strade secondarie del centro storico della città, attraverso mercati che vendevano bigiotteria e vecchi libri alle bancarelle aperte.

Era un luogo che attirava culti tra cittadini e studenti che riempivano wine bar che si adattavano a un mondo che sfuggiva alla norma della vita quotidiana.

Ha chiamato un numero sul suo cellulare.

"Carl? Sono qui ma non riesco a trovare il posto che sto cercando, ci sono così tanti piccoli negozi e bar che è incredibile."

Per essere un ufficiale di polizia, era insolitamente perso in una zona della città che visitava raramente.

Carl gli diede più istruzioni al telefono e, con quell'aiuto, Bobby percorse i numerosi vicoletti fino a quando non trovò finalmente quello che stava cercando.

Situato tra due panetterie, il suo obiettivo è stato trovato.

Emporium di delizie sessuali di Miss Jacky.

Un piccolo negozio con immagini a grandezza naturale di Jacky stessa in posa in vari abiti di pelle e brandendo una frusta alle finestre, invitando i clienti ad entrare.

Bobby rimase fermo per un momento e sorrise per un momento pensando a se stesso cosa avrebbe trovato dentro.

Ovviamente sapeva cosa aspettarsi di trovare.

Si considerava un uomo del mondo e un sexy shop di questo calibro non sarebbe diverso da qualsiasi altro.

All'interno c'erano più immagini a grandezza naturale e ritagli di Jacky posti tra file di scaffali pieni di vari giocattoli sessuali e strumenti di bondage.

La musica soft era in sottofondo e il negozio sembrava vuoto di clienti e persino personale fino a quando non è stato colpito alla spalla da dietro mentre ammirava i dildo di vetro.

"Posso aiutarla signore?" la voce apparteneva a una persona che sembrava essere di entrambi i sessi contemporaneamente.

Bobby si rese presto conto di essere un uomo, ma anche molto effeminato e vestito da donna, forse un travestito, e il seno era certamente abbastanza reale, dandogli l'impressione che la persona potesse essere transessuale.

"Sì, potresti aiutarmi. Stavo solo cercando in questo momento, ma sto cercando informazioni sul proprietario."

"Miss Jacky? E quali informazioni potrebbe cercare?" La persona chiese con un sorriso e mostrando le sue lunghe palpebre d'argento.

"Ha mai visitato lo stabilimento in qualsiasi momento?" Bobby prese un dildo dallo scaffale, un lungo pene di gomma nera che era lungo almeno quattordici pollici. "Dimmi, qualcuno compra davvero queste cose?"

"Sì alla prima domanda e sì ancora alla seconda domanda."

"Quante volte?"

"Sarebbe un'estensione della sua prima o seconda domanda, signore?"

"Primo."

L'impiegato percorse l'isola tra gli scaffali e Bobby lo seguì.

Si fermò davanti a una foto di Jacky, vestito con un completo di gatto di pelle rossa, i suoi capelli biondi raccolti in un modo che sembrava una fontana dorata a cascata che saliva dalla cima della sua testa e le sue labbra dipinte di rosso scuro con un Occhio chiuso in un occhiolino birichino.

"Mi scusi! È questo il proprietario, quello che si pone in tutte le foto esposte?"

L'assistente si girò per rispondere.

"Certo. Solo il proprietario appare in tutti i nostri annunci qui."

"È una donna molto bella. Sembra molto dominante in tutte queste pose che vedo. È quella che la chiamano ... domi ...?"

"Una dominatrice, sì."

"Questa è la parola che stavo cercando, grazie."

"Posso farti una domanda ora?" chiese l'assistente.

"Certo. Finché posso rispondere."

"Sei un poliziotto?"

"In realtà sì, lo sono. Ma non preoccuparti; non sono nella vice squadra o qualcosa del genere. Sto solo seguendo alcune linee di indagine su un incidente particolare accaduto pochi giorni fa."

"E il proprietario è coinvolto in quell'incidente?"

"Non ne sono ancora sicuro. Inoltre, non posso rivelare troppe informazioni come capirai."

L'addetto continuò a camminare verso il bancone del negozio e Bobby lo seguì, stupito per gli articoli in vendita intorno a lui.

"Prova qui ..." L'assistente gli porse un biglietto da visita.

"No! So dove abita. Ho solo bisogno di sapere se viene di tanto in tanto e di quanto spesso. E posso chiedere cosa c'è in quella stanza sul retro?"

"È solo un magazzino e una prigione." Rispose l'assistente. "La visita quando è necessario."

"Hai detto una prigione. Che tipo di prigione?"

"Signore, non riesco a credere quanto tu sia ingenuo. Stai cercando di fare lo stupido?"

"No, sono solo curioso, tutto qui." Bobby rispose con un sorriso.

* * *

Carl fu chiamato dal suo ufficio alla reception del quartier generale della polizia.

L'ufficiale della reception ha spiegato che un uomo aveva appena denunciato una donna scomparsa di nome Bridget Baldwin.

Carl guardò oltre la spalla dell'ufficiale e vide Leonardo che aspettava al bancone.

Sembrava scortese e aveva bisogno di radersi dopo le sue molte ore in cattività e Carl andò a parlargli.

"Mi scusi signore, hai denunciato una donna scomparsa?"

"Sì, mi chiamo Leonardo Biscas, sono molto preoccupato per la mia amica Bridget Baldwin. Dovrebbe aiutarmi."

"Bene signore, in effetti, ti stavamo cercando."

"Non è importante. L'hai già trovata?"

"Sì, lo siamo. Sei al sicuro e per quanto ne sappiamo. Ma un tentativo di indagine per assassinio è attualmente in corso su te stesso. Vuoi venire con me nel mio ufficio? Ho qualche domanda da fare, per favore." .

"No! Non ho tempo per questo, devo sapere dove si trova."

"Bene signore ... non posso dirtelo fino a quando non rispondo ad alcune domande."

Bobby Harris entrò nella stazione e notò che il suo assistente stava parlando con Leonardo.

"Okay, Carl, posso occuparmi del signor Biscas."

Leonardo andò dall'ispettore e gli chiese di fargli sapere dov'era Bridget.

Bobby lo prese da parte per le orecchie.

"So che state giocando a giochi davvero strani." Bobby iniziò. "Una famosa top model finisce per essere gettata in un vicolo e una donna d'affari ha abitudini molto strane. E per finire, riceviamo messaggi da persone insolite che ci dicono che tu e qualche altro ragazzo siete in pericolo e qualcuno sta cercando di ucciderlo, entrambi. "

"Lo capisco, credimi sì. Ma devo trovare immediatamente la signorina Baldwin."

"È al sicuro. Penso che sia con un certo signor Burt Calvin a casa sua in questo momento."

"No! L'hanno lasciata con Calvin?" Leonardo fu sorpreso di sentirlo. "Non possono farlo. Non è al sicuro con Calvin."

"Perchè no?"

"Devono andarci immediatamente e farla uscire."

13.

Calvin si unì alla sua famiglia per colazione e guardò Bridget attraverso il tavolo.

Sapeva come si sentiva, totalmente respinto e odiando se stesso.

Il resto di loro non sapeva nulla di quello che era successo quella mattina.

Per Bridget, è stato semplice.

Non lo amava, come lui voleva e si aspettava, e glielo spiegò.

Suonò il cellulare di Calvin, che attirò la sua attenzione scusandosi e andando in cucina per rispondere alla chiamata.

Era Jacky, sembrava angosciata e in lacrime.

"Quello che è successo?" Chiedo.

"L'ho lasciato andare", fu la sua risposta che rese Calvin improvvisamente sorpreso e arrabbiato.

Guardò di nuovo nella sala da pranzo di Bridget, che stava chiacchierando con sua moglie.

"Ho dovuto. Non funziona, Burt."

"Ascolta, mi fidavo di te per farlo. Andrà alla polizia."

"Non mi interessa più, Burt, ora tocca a te."

Jacky riattaccò e Calvin sentì che il suo mondo si era disintegrato attorno a lui.

I suoi piani non significavano più nulla.

Contenne la rabbia e si calmò prima di entrare nella sala da pranzo e incontrare tutti.

"Burt, va tutto bene?" chiese sua moglie.

"Sì tesoro, nessun problema. Era qualcuno dell'ufficio."

"Sono pronto per andare presto." Bridget lo informò.

"Certo, ti porto nel tuo appartamento se per te va bene"

"Grazie. Sarebbe molto carino da parte tua," rispose Bridget.

Calvin sorrise e continuò a mangiare come se nulla fosse successo.

***

Calvin mise la valigia rosa nel bagagliaio della sua auto e attese che Bridget uscisse di casa.

Ha colto l'occasione per richiamare Jacky mentre aspettava.

Lei rispose quasi immediatamente.

"Che cosa hai detto a Leonardo? Devo saperlo?" Chiese Calvino.

"Gli ho detto tutto."

"Hai fatto cosa? Fottuto idiota! Tutto quello che dovevi fare era tenerlo fino a quando l'accordo non fosse concluso. Ora ci hai lasciato nella merda." Notò che Bridget stava uscendo di casa e stava camminando verso la macchina. "Mi occuperò di te non appena risolverò questo!" E riattaccò.

"Sembri noioso, Burt. Sei sicuro che vada tutto bene?" Chiese Bridget.

Ora le cose erano peggiorate mille volte di quanto si fosse reso conto prima.

Aprì la portiera della macchina per Bridget e la fece entrare accanto a lui prima di correre da lei.

Poteva dire che era arrabbiato per qualcosa.

"Sta 'zitto!" scattò.

"Sei ancora arrabbiato per questa mattina? Burt, devi accettarlo."

"Ti avevo detto di stare zitto, vero?"

"Ferma la macchina! Non voglio il tuo aiuto."

Bridget poteva sentire la sua rabbia adesso.

Questo non era un aspetto di lui con cui aveva familiarità e sentiva che era meglio lasciare che la loro relazione, o ciò che ne era rimasto, avesse una fine completa lì e poi.

Ma Calvin la ignorò, guidando come un pazzo, entrando nel flusso del traffico principale sull'autostrada e quasi scontrandosi con altri veicoli.

"Hai avuto una possibilità, Bridget. Ti ho dato una possibilità!"

"Burt, di cosa stai parlando?" Lo supplicò.

"Ora è finita. Finito! Capisci?"

"No! Sono confuso. Non devi essere così perché non ti amo."

"Se mi amassi, le cose potrebbero essere diverse."

"Diverso? Cosa stai cercando di dire Burt?"

"L'accordo. Avresti potuto farne parte."

"Di che affare stai parlando?"

Calvin ha spiegato tutto ciò che aveva pianificato con Jacky sin dall'inizio.

Il piano che sembrava l'idea di una donna esasperata era più di questo.

È stata una sua idea

Voleva che l'amore di Bridget e Leonardo fosse morto in modo da poter assumere i loro affari.

Un semplice gioco di eliminazione per assumere il controllo di una società pubblicitaria multimilionaria di cui Calvin aveva un disperato bisogno.

"Quindi tutto quello che mi hai detto era una bugia?" Chiese Bridget.

"No. Non ti ho appena detto dove andava bene."

"Allora, cosa pensi di fare adesso?"

"Lo vedrai presto", le disse, il suo viso ora presentava un'espressione malvagia che non avrebbe mai immaginato di Calvin. "Ho finito. E anche tu."

Bridget fu improvvisamente sopraffatta dalla paura.

La sua confusione ora si trasformò in terrore quando pensò disperatamente a come uscire dalla sua situazione.

Non c'era via d'uscita fisicamente parlando.

Calvin stava ancora guidando come un maniaco, sorpassando i veicoli sulla sua strada a velocità superiori al limite.

"Dove andiamo?" lei chiese.

"In un posto dove so di essere al sicuro per ora."

"Burt, questo non è sensato. Per favore, pensa a questo."

"Sì. Ho intenzione di divertirmi un po 'con te. Sono già nei guai. E se non mi ami, beh ..."

"Di?"

"Vedrai."

* * *

Leonardo era seduto nella sala delle interviste del quartier generale della polizia.

Harris cercò di risolvere le cose, cercando di capire perché Bridget sarebbe stata in pericolo sotto la protezione di Burt Calvin.

Leonardo ha spiegato tutto ciò che sapeva sulla sua attività e sull'accordo che aveva fatto con Calvin anni prima.

Un accordo che consentirebbe a Calvin di avere il pieno controllo della sua compagnia se dovesse dimettersi da presidente del consiglio.

"Stai dicendo che Calvin possiede una parte dei suoi affari?" Chiese Harris.

"Sì. È diventato partner per qualche tempo." Rispose Leonardo.

"E Jacky ti ha detto che questa era una trama per sbarazzarti di te?"

"Sì, ispettore, quante volte te lo devo spiegare? E ora la signorina Baldwin è in pericolo. Se Calvin lo scopre, farà qualcosa di folle con lei, quindi devi cercare di fermarlo."

Harris si appoggiò allo schienale della sedia e prese un'altra sigaretta.

Forse se solo avesse potuto fumarne uno, avrebbe potuto almeno pensare chiaramente a questo fallimento che si stava svolgendo davanti a lui.

Infilò una mano nella tasca della giacca, tirò fuori un pacchetto di sigarette e ne accese una mentre Leonardo lo guardava.

"Per l'amor del cielo, ispettore, stai ascoltando qualcosa che dico?"

Harris sorrise, ma allo stesso tempo si rese conto della disperazione di Leonardo e lasciò la stanza per trovare il suo assistente Carl, che era impegnato a premere la tastiera del computer, in cerca di informazioni.

Harris si mise dietro di lui e guardò lo schermo che mostrava un'immagine di Thomas in una foto del profilo della polizia.

"Chi è quello?" Chiedo.

"Quello, capo, è il misterioso" Potente ". Il ragazzo che ci ha inviato le e-mail." Carl si fermò per un momento, annusando l'odore pungente del fumo di tabacco, quindi si girò rapidamente sulla sedia. "Ahi! L'ho preso!"

"Senti, è il mio primo oggi, sono onesto. Quindi dimmi di questo ragazzo. Possente?"

"È stato negli anni trenta." Carl rispose tornando al computer. "Sei anni per frode".

"Com'è?" Chiese Harris.

"Ha lavorato per una compagnia di circo ed ha evitato di pagare le tasse per dieci anni".

"Okay, quindi è il tipo che Leonardo ha detto che lavora per Jacky come assistente?"

"Sì, ma non è tutto, capo. È stato anche accusato di abusi sessuali mentre era nel circo per aver aggredito un trapezista."

"È così?"

"Sì. Gli piacciono le donne alte." Rispose Carl.

* * *

Calvino girò la macchina lungo una strada sterrata che li condusse in una fattoria abbandonata.

Ho colpito i freni della macchina al massimo, ma non ho potuto fare a meno di scontrarmi con un trattore rotto a piena forza.

Bridget aprì la porta e iniziò a scappare, ma Calvin era più veloce di lei.

Correre più forte che poteva, anche se era in svantaggio, Calvin le afferrò il braccio e la gettò a terra.

14.

Bridget sentì Calvin respirare pesantemente sul suo collo mentre si stendeva su di lei, premendo la sua faccia sul terreno fangoso.

La caduta le aveva tolto il respiro quando l'aveva abbattuta.

"È ora di divertirsi, Bridget. Entrambi, tesoro, solo io e te."

"Lasciami andare Burt. Non sei tu. Pensa a quello che stai facendo," lo supplicò, sapendo che c'era un'opportunità per attirarlo dalla parte amica che una volta conosceva.

"Sì. Per me è tutto finito. Per ora non ho niente da vivere, ma per passare più tempo possibile con te. E ne trarrò il massimo."

La tirò in piedi, tenendole entrambe le mani dietro la schiena.

Un calcio nel posto giusto le avrebbe almeno dato la possibilità di fuggire di nuovo.

Ma Bridget ha deciso di non farlo.

Era grata di essere almeno in piedi, di guardare meglio ciò che lo circondava, forse prima di pianificare una via di fuga, da qualche parte per nascondersi da lui.

"Guardati. Sei un disastro, hai del fango su tutti i vestiti", le disse, quasi sussurrandole all'orecchio. "Vediamo cosa possiamo fare al riguardo. Dovrà essere rimosso per pulirlo."

La accompagnò nel fienile abbandonato.

Bridget scrutò attentamente l'ambiente circostante mentre avanzavano.

L'auto, gli alberi che costeggiavano il cortile e la strada che li conduceva lì.

"Che cosa hai intenzione di fare Burt?" lei chiese. "Scopami finché non c'è più vita in me?"

"Potresti dire qualcosa del genere, sì."

In quel momento sapeva che era impazzito.

La sua personalità era cambiata perché non c'era più via d'uscita per lui.

Era un uomo che non poteva rinunciare a perdere tutto ciò che aveva e preferiva invece distruggere tutto, compresa lei, qualcuno che amava.

Il fienile era buio, fatta eccezione per i raggi di luce che penetravano attraverso i fori nel soffitto.

Sul pavimento c'erano paglia e balle fresche di sopra.

La puzza di paglia marcia colpì le sue narici quando prese una piccola corda per allacciarsi i polsi.

Quindi la spinse in una balla liscia e aperta e iniziò a legarle le caviglie.

Il piano di fuga era cambiato adesso.

Ma lei non gli resistette.

"Nessuno conosce questo posto. Adesso è tutto mio e tuo. Ci sono molte miglia da qui a qualsiasi luogo abitato", ha detto.

Prese il cellulare dalla tasca della giacca e lo gettò nel granaio, facendo a pezzi una trave di legno.

"Non credo che ne avrai più bisogno."

Un'altra possibilità di fuggire e perfino il salvataggio era sparita.

Lo guardò mentre apriva la sua camicetta rosa, esponendo i suoi seni coperti di reggiseno.

La sua mano afferrò delicatamente una delle sue tette e la strinse mentre la guardava negli occhi.

Per un breve istante lo guardò apparire calmo fino a quando un sorriso malvagio gli si accese sul viso.

Uno strattone sull'indumento che si spezzò nella sua mano forte, spezzandolo.

La tensione le afferrò le spalle e le fece male, facendola rabbrividire di dolore.

La paura che ora la riempiva completamente le fece perdere il controllo delle sue funzioni corporee e si incazzò su se stessa.

Iniziò a piangere e tremare.

"Non farlo, Burt, per favore non continuare."

"Non ti piace? Pensavo fosse questo ciò in cui era coinvolto Leonardo?" disse, sputando le sue parole sul viso. "Ti piace Leonardo, vero?"

"Esatto, sì ... quasi dimenticavo" continuò. "Gli hai lasciato prendere la tua verginità, vero?" La sua mano scese e le sollevò la gonna, toccandole le cosce quando la trovò all'inguine. "Sì ... le hai dato qualcosa che ho sempre desiderato. Qualcosa che pensavo stessi risparmiando solo per me."

"Burt ... non farlo."

"Perché dovrei smettere?"

Il suo dito premette dolorosamente contro il suo sesso, premendo contro la seta delle sue mutandine.

Bridget continuò a piangere come se il suo mondo fosse finito e rimase solo un sentimento di disperazione.

Calvin la schiaffeggiò forte in faccia.

Si fermò scioccata e lo guardò.

"Sei solo una cagna!"

Si tirò su le mutandine, poi estrasse dalla giacca un coltellino svizzero e tagliò entrambi i lati dell'elastico, gettandoli sul seno.

Bridget era totalmente sconvolta e lo guardò in silenzio mentre agganciava la gonna e iniziava a baciargli l'ombelico, poi iniziò a tirare la cinghia della sua giarrettiera tra i denti.

"Burt, non farmi del male. Farò quello che vuoi", gli disse. "Possiamo scappare insieme, da qualche parte lontano in modo che nessuno possa trovarci."

"Di?" Alzò la testa per guardarla. "Non c'è nessun posto dove andare, ragazza stupida. Pensi che cadrò per quel trucco? Farai quello che voglio, è vero. Ma andare insieme non è una di quelle cose."

"E quello...?"

"Lo saprai molto presto. Dal momento che ti amo in questo momento e nient'altro conta."

"Devo pulire. Non sono nel mio aspetto migliore per te in questo momento."

"Certo, piccola, mi dispiace. Perdonami per essere così impaziente."

Calvin si alzò e la guardò.

I vestiti sporchi di fango che indossava le avevano ricordato la sua promessa e ora era sporca, aveva bisogno di prendersi cura della sua pulizia femminile, in modo che si sentisse meglio e forse più sessuale nei suoi confronti.

Ma Bridget aveva recuperato abbastanza del suo spirito per pensare di nuovo a ingannarlo e pianificare una fuga da lui usando le sue debolezze.

"Ho bisogno che tu mi sleghi", disse.

"No! Ti laverò da solo." Risposto.

"Burt, per favore, ti prego. Lascia che mi prenda cura di me stesso. Prometto che non scapperò ... te lo assicuro."

"No, non posso fidarmi di te, piccola, mi dispiace. Vado a prendere un secchio d'acqua e un panno."

"Ho bisogno di sapone. C'è qualcosa nella mia valigia."

Le disse di rimanere ferma e di non spostarsi da dove si trovava prima di lasciare la stalla.

Bridget attese qualche minuto, poi si inginocchiò e infine si sedette.

Poteva vederlo attraversare il cortile attraverso un buco nel muro mentre si dirigeva verso la macchina in modo da saltare più vicino al muro per tenerlo d'occhio meglio.

Notò la trave di legno che attraversava la porta per chiuderla dall'interno.

Era eretto e incernierato.

Una spinta e cadrebbe dal suo posto.

La porta sarebbe stata chiusa, almeno, e non sarebbe stata in grado di rientrare.

Quindi di nuovo saltò laggiù con i polsi legati dietro la schiena alla trave per staccarlo.

Cominciò a muoversi lentamente, e fortunatamente scivolò in posizione, chiudendo la porta della stalla.

Calvin aprì la valigia e sentì il rumore proveniente dal fienile.

Corse rapidamente verso le porte e spinse contro di loro.

"Cagna! Che cosa hai fatto?"

Le porte erano chiuse a chiave e cercò di usare le spalle per forzare l'apertura.

Dopo un paio di volte si fermò e si rese conto che i suoi sforzi erano inutili.

"Bridget ... ascoltami, tesoro. Non va bene. Apri le porte. Per favore, apri le porte per me."

Bridget si appoggiò al muro e ascoltò le sue richieste.

Ora era quando aveva bisogno del suo cellulare, ma era a pezzi, sparso sul pavimento.

Qualcosa che aveva brevemente dimenticato nella fretta e cominciò disperatamente a piangere, scivolando lentamente lungo il muro fino al pavimento.

15.

Harris tornò nella sala delle interviste e posò una tazza di caffè caldo sul tavolo per Leonardo.

Guardò l'ispettore con gli occhi scuri.

"Beh, ha controllato se era con lui?"

"Il mio assistente lo sta facendo proprio ora. Ma prima di tutto, ho ancora qualche domanda per te, non ti dispiace?" Harris si sedette al tavolo e aprì il suo quaderno. "Guarda, le cose qui sono confuse e tutto ciò che vedo in questo è un mix di persone diverse coinvolte in tutti i tipi di cose e la questione chiave sembra essere il sesso".

"Sesso?" Leonardo si sedette sulla sedia e guardò Harris con sospetto. "Cosa significa?" Prese la tazza di caffè e ne assaggiò il contenuto, sussultando per la sua mancanza di sapore.

"Non mi piacciono tutte queste cose che lo interessano. Ma sembra che ci sia un sacco di mistero qui ed è molto difficile per me mettere insieme tutto questo. Dice che Calvin sta cercando di farsi carico dei suoi affari e che la signorina Baldwin stava contemplando la possibilità di un omicidio con Miss Carrington e ... "

"No, no, quell'omicidio è stato un malinteso riguardo a Miss Baldwin. Dimentica tutto."

"Ma il tentato omicidio è un crimine. E tu eri una delle possibili vittime. Devo indagare su questo."

"La cosa importante ora è trovare Bridget. Non si rende conto di quanto sia pericolosa. Ho scoperto cosa sta succedendo. È una cospirazione uccidermi per ottenere i miei affari, che era stata pianificata tra Calvin e Jacky. Tutto è fallito al suo primo tentativo e ora anche il suo secondo piano sta fallendo ".

"Secondo piano? Adesso mi stai confondendo. Faresti meglio a spiegarlo."

"Ma il tempo sta per scadere! Bridget è in pericolo, non capisce?" Leonardo ha colpito duramente il tavolo con il palmo della mano e il caffè versato dalla tazza. "Calvin la ucciderà ora perché ha perso tutto ciò che voleva davvero."

"Quello che stai dicendo è: è un suicidio? E porterà con sé qualcun altro?"

"Esatto. Il ragazzo è arrabbiato, è un maniaco del controllo ed è in bancarotta. Senza i miei affari, non ha nulla e ha distrutto Jacky molto tempo fa, mantenendo in vita quei pensieri che ho ucciso Jane. È un manipolatore e Thomas mi ha spiegato tutto prima che me ne andassi stamattina. "

"Thomas? Quindi è per questo che ha inviato quelle e-mail? Stava cercando di darci informazioni. Ma pensavo che Calvin lo stesse facendo per Miss Baldwin? Non avrebbe dovuto amarla?"

"Sì, lo fa. La ama da morire."

* * *

Fuori dal fienile tutto taceva.

Bridget si calmò e ascoltò attentamente, facendo scivolare le gambe attraverso le braccia in modo che la corda fosse legata attorno ai suoi polsi nella parte anteriore invece che nella parte posteriore.

La corda si serrò, mordendosi la pelle, ma riuscì a farlo.

Guardò il nodo e poi cercò di usare i denti per scioglierlo, ma senza successo.

"Bridget ...!" La voce di Calvin riecheggiò attraverso una crepa nelle assi di legno sul muro. "Perché hai chiuso la porta, piccola? Sai che è tutto ciò che abbiamo. Questi ultimi teneri momenti insieme. Perché rovinarlo? Apri la porta, per favore."

"Questo è pazzo, Burt. Sei così pazzo! Vattene e lasciami in pace." Tentò di individuare di quale delle molte crepe stava parlando. "Non so perché lo fai, ma non te la caverai mai."

"Ho tutto il necessario per ripulire. Non rovinare tutto. Possiamo divertirci insieme. Prometto che non ti farò del male. Non ho mai avuto intenzione di farti del male e mi dispiace di essere stato così duro prima. Per favore, apri la porta."

Bridget perquisì il fienile, raccogliendo i pezzi del cellulare rotto che riuscì a trovare, ma si era rotto irreparabilmente.

I suoi polsi iniziarono a sanguinare mentre la corda affondava forte.

Poi si rese conto che si stava allontanando dalla stalla guardando attraverso una crepa.

Aprì il bagagliaio della macchina e tirò fuori quella che sembrava essere un'ascia.

Il suo cuore batteva ancora più forte al pensiero di quello che sarebbe successo dopo.

"Nessuno sa che siamo qui tesoro!" l'urlo. "Non è così che l'ho pianificato e tu mi stai facendo usare una forza non necessaria." Si avvicinò alla stalla con l'ascia appoggiata sulla spalla. "Non sono felice, Bridget. In effetti, sono davvero arrabbiata con te adesso."

Calvin bussò alla porta della stalla con la sua ascia e gettò trucioli di legno che volavano all'interno.

Quel colpo produsse un vuoto abbastanza grande da permettergli di entrare.

La guardò, scrollando le spalle al muro.

Stava tremando di paura e scuotendo la testa mentre lui si avvicinava a lei.

"No, Burt, ti prego di non farmi del male."

Le afferrò i capelli morbidi tra le mani, li attorcigliò forte, poi la mise in ginocchio.

Il dolore era troppo per lei, oltre all'angoscia che già provava, e Bridget passò dalla coscienza a un sogno traumatico.

La lasciò andare e il suo corpo inerte cadde in piedi.

"Bridget?"

Si inginocchiò accanto a lei e provò un impulso sul suo collo.

Era viva e con un po 'di rimorso la prese tra le braccia e l'abbracciò forte.

"Tesoro, mi dispiace così tanto. Mi hai fatto impazzire."

Le sussurrò vicino all'orecchio.

La sua mano le toccò delicatamente il seno esposto.

"Non ti farei mai del male, non so nemmeno cosa sto facendo. Lo giuro."

Lentamente, allentò la corda attorno ai suoi polsi, poi la tirò indietro, posandola su un mucchio di paglia.

Le sue dita seguirono la linea del suo viso e lei aprì gli occhi e lo guardò.

"Perché?" chiese lei dolcemente.

Le sorrise in risposta.

"Se potessi, scapperei con te e mi nasconderei da questo casino in cui mi trovo. Ma davvero non mi ami, vero? In tutti questi anni ti ho amato e ho cercato di farti capire. Ti sei preso da me testa e non posso tirarti fuori di lì. Tutto quello che ho fatto è stato stare con te. "

Bridget era oltre la capacità di ragionare.

La sua mente era sotto shock, cercando disperatamente di fare i conti e capire cosa le stava accadendo.

Ma sentì quello che le aveva detto e allungò la mano e gli toccò il viso.

"Non posso essere costretto ad amare, nessuno può. Lasciami andare, Burt. Se mi ami così tanto, lasciami andare."

Chiuse di nuovo gli occhi mentre ricadeva in uno stato di incoscienza.

Calvin si alzò e la guardò disteso sul pavimento, a quello che le aveva fatto.

In quel momento sapeva che quello che cercava di fare era molto sbagliato e gli dispiaceva molto.

Non aveva senso fare ciò che aveva fatto e ora l'unico modo era assumersi la responsabilità delle sue azioni.

Gettò l'ascia a terra e lasciò il fienile per l'auto.

* * *

Carl tornò alla stazione di polizia e chiamò il suo capo.

"Nessuno sa dove sia o avrebbe potuto andare. Ho chiesto alla sua famiglia e tutto quello che sanno è che è andato a lavorare questa mattina. Il suo segretario ha detto che anche lui non aveva appuntamenti programmati."

"Ottimo lavoro. Penso che dobbiamo parlare urgentemente con Thomas." Rispose Harris. "Vai a casa di Carrington e trovalo in fretta. Penso che potremmo dover affrontare un disastro nelle nostre mani se non lo fai. Trovalo."

* * *

Calvin si sedette in macchina e guardò fuori nel fienile prima di aprire il vano portaoggetti.

Allungò una mano e tirò fuori una pistola, controllò che i proiettili fossero a posto, quindi lo tenne in mano come per ammirarlo.

"Sapevo che un giorno saresti stato utile." Si disse.

16.

Bridget aprì gli occhi e quello che sembrava essere qualche secondo di incoscienza l'aveva portata in un luogo di totale oscurità.

Era già notte e l'aria fredda le fece rabbrividire mentre giaceva circondata dalla paglia umida.

L'ultima cosa che vide fu Calvin che la guardava, il suono della sua voce chiedeva perdono, e ora tutto intorno a lui era silenzioso.

In lontananza, il suono di un elicottero in volo ruppe quel silenzio e lei si alzò lentamente, tenendo intorno a sé i vestiti strappati per calore e conforto e per proteggere la sua nudità.

Ora tutto ciò che era accaduto quel giorno era tornato da lei e il freddo che la attraversava si trasformava di nuovo in una sensazione di paura.

Si stava nascondendo, aspettando di saltarle addosso dall'oscurità del fienile?

Dov'era?

La sua testa si riempiva di domande e il suono dell'elicottero si fece più forte fuori.

Un raggio di luce illuminò l'esterno del luogo e spazzò il fienile.

Bridget aprì la porta e barcollò verso il dirigibile.

L'elicottero cercò finché non colpì il raggio.

Lo splendore della sua luce le fece proteggere gli occhi da lui e gli abiti strappati si aprirono con l'aria prodotta dalle eliche, esponendola allo sguardo ovvio del pilota e del suo partner.

"Charlie sette e nove, penso che ne abbiamo trovato uno." Il compagno riferì attraverso la sua radio. "È la donna, ma non c'è traccia dell'altro bersaglio."

"Va bene, dille di rimanere dove si trova." Il pilota è stato informato.

"È la polizia! Non allarmarti e non muoverti!" la voce del compagno echeggiò attraverso un altoparlante sopra il suono dei motori dell'elicottero.

Bridget si bloccò, osservandoli, proteggendo gli occhi dall'unica fonte di luce disponibile.

"Un ufficiale in uniforme arriverà con te il più presto possibile."

E non appena il compagno lo disse, la sirena crescente di un'auto di pattuglia cominciò a farsi sentire in lontananza.

E il luogo si animò, una pattuglia dopo l'altra cominciò ad apparire dal nulla.

* * *

Bridget era avvolta in una coperta, stava ancora riacquistando i suoi sensi e aiutata da un ufficiale sul retro di una delle macchine.

"Okay, signorina Baldwin, ora sei al sicuro."

La voce calma e calma gli parlò in mezzo a una confusione di altre voci radio e di quelle di altri ufficiali che conversavano sulla scena.

"Sei ferito? Senti dolore?"

Bridget scosse la testa in risposta e le prese la coperta più forte.

"Dov'è Burt?" chiese lei, quasi sussurrando.

Non ha ricevuto risposta fino a quando non ha sentito le parole di un altro addetto alla segnalazione:

"L'abbiamo trovato. È in macchina, morto. Sembra un suicidio. Ha una pistola in mano."

Bridget lo fissò.

I suoi occhi rimasero fissi mentre le parole gli entravano nella mente.

"Lui è morto".

Continuava a ripetere le parole nella sua mente ancora e ancora fino a quando non iniziava a capirle, assumendo un significato più forte ad ogni respiro che faceva fino a quando non urlava:

"Noooo!"

* * *

La musica morbida e rilassante di Beethoven suonava in sottofondo.

Bridget giaceva con gli occhi chiusi e sorrideva, evocando i suoi pensieri verso una sala da concerto e guardando suo padre dirigere l'orchestra che si avverava nella sua mente.

Lei sorrise, sentendosi contenta e felice.

La sensazione di un bacio caldo seguita dal lieve sfregamento di una lingua sul suo capezzolo inviò sensazioni piacevoli attraverso la sua spina dorsale.

Il suo sorriso si allargò mentre inarcava in baci più profondi lì.

La sensazione di freddo seguita da baci più caldi e carezze, morsi morbidi che gli allungarono le mani e toccarono la pelle morbida sulla punta delle dita.

Passando le dita sulle sue spalle ed esplorandolo ulteriormente, ella colse il suo profumo e sentì la morbidezza dei suoi capelli mentre si alzava, il suo corpo caldo e confortante vicino ai suoi.

I suoi occhi si spalancarono per incontrare i suoi occhi marrone scuro che la fissavano.

Poi le loro labbra si aprirono e il bacio divenne più appassionato ad ogni secondo che passava.

Bridget era al sicuro e tutto ciò che era accaduto era ormai un ricordo del passato.

Ciò che è iniziato nel ristorante poche notti fa, quando si sono incontrati per la prima volta, potrebbe continuare come previsto, senza che il destino sia in grado di vietarlo ulteriormente.

Si era innamorata di lui molto tempo fa da lontano e il suo amore per lei è iniziato mentre mangiavano e chiacchieravano per la prima volta sul tavolo del ristorante.

Le loro labbra si aprirono.

"Sei la creatura più bella che abbia mai visto. Nessuno può paragonarti a quelli che ho amato prima."

"Nemmeno Jane o Jacky?" Chiese Bridget beffardo.

"Beh forse ..."

Si mise un dito sulle labbra per zittirlo.

"Stai molto attento a quello che dici, Leonardo. Mi piace quello che ho appena sentito e non voglio sentire altro."

"Quindi sì, intendevo quello che ho detto."

"Sei sicuro?"

"Assolutamente."

"Allora fai l'amore con me come non abbiamo mai fatto prima."

"È un ordine, signora?"

"Ah! Non è un ordine, Leonardo. Mai più ordini o ordini segreti, ricorda che non sono così."

"Allora farò l'amore con te perché voglio." Lei rispose con un sorriso che le fece formicolare, un sorriso che la riempì di piacere, un sorriso che amava perché apparteneva all'uomo che amava così tanto.

La musica continuò a suonare e una leggera brezza soffiò attraverso la finestra aperta che dava sul crepuscolo serale a Firenze.

Leonardo l'aveva invitata a casa sua.

Ha dato a entrambi la possibilità di riparare la loro relazione e cercare di dimenticare i recenti eventi che hanno avuto luogo nella loro vita.

Trascorsero tre lunghe settimane insieme.

E a quel tempo, Bridget si innamorò non solo di Leonardo, ma anche del suo paese natale.

Ad ogni occasione, hanno fatto l'amore e hanno parlato di una nuova sfaccettatura nella carriera di Bridget per continuare come attrice nella pubblicità.

Ma c'erano ancora cose che doveva fare e una persona che doveva vedere mentre era lì per sbarazzarsi di un demone che l'aveva perseguitata dalla morte prematura di suo padre.

* * *

Ángel viveva da solo nel suo vasto appartamento, un appartamento che Leonardo aveva condiviso con lui.

Li aveva invitati a cena a due e quando arrivò, quando Bridget abbracciò di nuovo Angel dopo un lungo periodo di odio nei suoi confronti, si sentì strana.

Sembrava più vecchio, i suoi capelli erano molto più grigi di prima, ed era anche ovvio che soffriva di una malattia di cui non gli era stato detto.

I tre si sedettero intorno a un tavolo, condividendo il loro cibo.

Michelangelo sembrava conversare con Leonardo più di quanto non avesse fatto con Angel, ma era prevedibile.

E ascoltò la loro conversazione, cosa poteva fare quando parlavano in inglese e non in italiano, concentrandosi soprattutto sui tempi che i due avevano trascorso insieme in tanti anni come amici.

Bridget sorseggiò il dolce vino rosso dal suo bicchiere, mentre Leonardo le chiese.

"Quando hai scoperto la tua malattia?"

Bridget attese che Angel rispondesse.

Ma non è arrivato così velocemente come si aspettava.

Invece, Angel allungò una mano e posò la sua mano sulla sua, stringendola forte, ma delicatamente.

"Se mai mi accusassero di aver costretto tuo padre a porre fine alla sua vita, allora Dio ti avrebbe concesso un desiderio." cominciò a spiegare. Bridget lo guardò con una leggera disperazione nella sua espressione. "Ma lascerò questa vita mortale prima del previsto."

"Non..."

"Silenzio ... Non importa, mia cara. Ho fatto molte cose cattive ad altre persone in passato. Ciò che ho fatto a tuo padre è stato crudele, minacciando di distruggere la sua carriera di grande direttore. Hai tutto il diritto di avere odio. Non avrei mai immaginato che avrebbe preso l'uscita per evitare l'umiliazione mentre lo faceva. Avrei dovuto pensarci di più e forse aveva ragione quando mi ha detto che avevo cambiato la mia composizione abbastanza da rivendicare, almeno in parte, come la sua proprio lavoro ".

Detto questo, Bridget gettò le braccia attorno ad Angel e lo abbracciò.

L'uomo che voleva morire così tanto per vendetta stava per morire comunque, e le sue parole erano state, almeno, quelle che lei voleva sentire da molti anni.

"Avrei dovuto dirti quello che ho appena detto molti anni fa. Ti ho fatto vivere con l'odio e l'odio non sempre svanisce con il tempo, e può anche crescere molto dentro di te, come ha fatto dentro di te, cara."

"Ti perdono," disse, allontanando delicatamente le sue parole da lui e lasciando cadere le lacrime dagli occhi. "L'ho amato così tanto. Era tutto per me."

"Sì, lo capisco. Quando fai così tanto male a qualcuno, fai del male anche a chi li ama. Sapere che stai per morire ti fa riflettere su ciò che hai realizzato e anche fallito nella vita. E non ho capito tuo padre Non gli ho nemmeno dato la possibilità di spiegarsi. "

* * *

Plus tard dans la nuit, Bridget et Leonardo se sont promenés dans les rues animées de Florence, absorbant l'atmosphère de son histoire et son charisme moderne.

Ils se tenaient la main et marchaient en silence alors qu'ils réfléchissaient à Angel et à ce qu'il devait affronter très bientôt.

"Vous sentez-vous plus calme maintenant que vous lui avez enfin parlé?" Demanda Leonardo.

"Oui. Et je me sens également mal à propos de ce que j'ai essayé de faire."

«Donc, tout est maintenant réglé. Il a abandonné les accusations de tentative de meurtre et maintenant vous lui avez pardonné. Je pense que cela le fait se sentir beaucoup mieux d'après ce que nous avons vu ce soir.

«Et vous, Leonardo? Avez-vous l'intention d'abandonner les charges contre Jacky aussi?

Il lui sourit, lui baisa la main et dit:

"Bridget, il y a quelque chose que vous devriez savoir. Une conversation avec l'inspecteur Harris que j'ai eue récemment." Bridget le regarda profondément dans les yeux, la traînée de larmes toujours présente dans les siens. "Si des accusations avaient été déposées pour tout cela, alors cela aurait été très difficile à prouver. Toi et moi avons jeté les preuves ce matin-là dans la rivière. Et tu n'étais pas obligé d'écrire des aveux."

« Et la confession de Jacky?

«Votre confession ne vaut rien maintenant», répondit-il. Complètement inutile.

"Comment c'est?"

"Parce que, avec ce que j'ai dit à la police, je l'ai juste rendue folle. Ses aveux sont juste le produit de son imagination débordante. C'est fini. Et elle n'a pas été arrêtée de sa part dans tout ça, du moins pas encore. "

"Tu ne penses pas que c'est dangereux?"

"Non, pas du tout. Cela nous convient tous les deux d'être déclarés mentalement instables. Au moins, elle n'essaiera pas de jouer à nouveau sur nous. Et il y a plus que ça."

"Rien d'autre?"

"Oui. J'ai réussi à obtenir deux autres contrats pour mon empire en pleine croissance. Calvin et le sien. Donc les chasseurs sont devenus la proie à la fin."

Bridget relâcha son étreinte et le regarda sévèrement.

Il haussa les épaules et lui demanda.

"Quoi?"

FINE

143